contents

桜の園の蜜愛
～強面の旦那様は絶倫でした～

CROSS NOVELS

西野 花
NOVEL: Hana Nishino

笠井あゆみ
ILLUST: Ayumi Kasai

CROSS NOVELS

桜の園の蜜愛

～強面の旦那様は絶倫でした～

鈴の音が響く。シャンシャンと鳴るそれは、舞い手の動きによって小さくなり大きくなり、あたりの空気を清浄に染める。

奉納の舞台では一人の神子《みこ》が舞っていた。幾重にも薄手の布を重ねた衣装を身に纏《まと》い、手に神楽鈴《かぐらすず》を持っていた。鈴を何個も連ねたそれが舞い手の動きに合わせて涼やかな音を奏でている。

舞い手はすらりとした黒髪の青年だった。神楽鈴から伸びた五色の飾り緒が青年の身体に沿って孤を描く。青年は裸足だった。その足首には細い金色の輪が嵌《は》められ、そこにも小さな鈴がついている。それは神楽鈴の音色と合わさり、どこか幻想的な響きを醸《かも》し出していた。

青年がゆっくりと回ると長い飾り緒もそれに続く。楽の音が途切れると、青年の舞も終わりを告げた。

最後の楽の音が余韻を残して消えた時、それが合図となったように、そこにいた者達からほう……っとため息のような息づかいが漏れる。

ここ桜苑国《おうえんこく》では、月に一度、神に舞いを捧げる儀式が執り行われる。国の祭祀《さいし》を取り仕切る機関は『芍薬《しゃくやく》』と呼ばれていた。

『芍薬』には現在十名の神子と呼ばれる者達がおり、奉納の舞いはこの者達が務《つと》めることになっていた。

「相変わらず素晴らしい舞いでした。紫蘭《しらん》様」

「ありがとう」

紫蘭と呼ばれた青年は、同じ神子であるあせびという名の年下の少年に小さく微笑《ほほえ》む。紫蘭は長い黒髪と菫《すみれ》色の瞳を持つ、どこか神秘的な美しさのある青年だった。神子は桜苑国で生まれる赤子の中から占いによって選ばれ、物心つく前に両親から引き離される。『芍薬』の神子として選ばれるのは大変名誉なこととされており、紫蘭達は幼い頃から世俗とは離されて育てられるのだ。

「紫蘭様は、『芍薬』に残られるのでしょう？」

「さあ、どうかな。大宮司《だいぐうじ》様がお決めになられることだから」

神子はだいたいにおいて、二十歳を超えるとその任を解かれる。その後に神職として『芍薬』で奉職できる者はあまりいない。試験を受けて『芍薬』に入った者と、占いによって決められた神子では適正が違うというのがその理由だ。

そして紫蘭は、今年その二十歳を迎える。

「僕はできれば、世俗に戻りたいと思っていますけど」

あせびが遠慮がちに告げた。解任された神子は世俗に還《かえ》ることが多い。充分な退職金をもらい、両親の元に帰り、また人生をやり直すのだ。

だが紫蘭は、できればこのまま『芍薬』にいたいと願っていた。

ここは静寂に包まれていて居心地がいい。両親のこともほとんど覚えていないし、世俗に還って何かをやりたいという考えもない。このまま桜苑国を護る神々に仕え、お勤めに励《はげ》んでいたいというのが願いだ。

「私はここにいたいと思っているが」

「紫蘭様は本当に欲がないですものね」

何度か言われた言葉だが、紫蘭は曖昧《あいまい》に微笑んで首を傾《かし》げる。おそらく自分は、世俗の中で生きていくのに向いていないのかもしれない。

神子達の居住棟に戻る途中で、渡り廊下から庭園が見える。その樹木の陰で、同じ神子の装束が見えた。

「――――」

人目を忍んで、彼らは抱き合い、口を吸い合っている。

「あれ、葛《かずら》と蔓菜《つるな》ですよ。見つかったらお咎《とが》めを受けるのに……」

あせびの言葉に、紫蘭は慌《あわ》ててそこから目を逸《そ》らした。見てはいけないもののような気がする。

神子はその任期中、他者との触れ合いはおろか、自慰も禁止される。だが大抵の神子は思春期を迎えると自慰を覚えてしまう。健康に成長していれば、健全な欲が育ってきても無理からぬことだ。だから自分一人で始末する分には、それは黙認されていた。だが紫蘭は、これまで一度も、自慰すらしたことがない。

「私はああいうことをしたいとは思わない」

「紫蘭様は特別です。僕はどうしても我慢できない時があって、そういう時は一人でしてしまいますけど……。でも紫蘭様は、ご自分を厳しく律していらっしゃって、さすがです」

あせびの言葉に紫蘭は少し困ったように笑んだ。そうなのだろうか。自分だけが特別だと？

だが、ああいった欲を伴う行為に強い抵抗感を覚えるのは事実だ。それは神子として当然だと思っている。

「葛達も、お役目を終えてからすればいいのに」

神子は芍薬殿の外に出ることは許されず、基本的に外の者と自由に会うことも許されない。だが、紫蘭は今の生活に満足していた。このままこうして、静かに神に寄り添って生きていきたい。

だから葛と蔓菜のような、欲に負けて振る舞う者達のことが不思議でならなかった。

「────葛と蔓菜が？」

紫蘭がその話を聞いたのは、先日の奉納の舞いを終えてから五日ほど経った日だった。

「そうなんです。とうとう見つかってしまったらしくて、『芍薬』から追放されるって……」

「……」

あせびの話にも、紫蘭は何も言うことができなかった。彼らの気持ちがまったくわからなかったからだ。お役目の最中だというのに、どうしてそんなことをしてしまったのだろう。

「……欲に負けたのだろう。哀れなことだ」

紫蘭はそう言って。長い睫《まつげ》をそっと伏せた。だが紫蘭は自分のその言葉になんの感情も込められていないことを自覚していた。睦《むつ》み合っていた二人は神子の任を強制的に解かれ、『芍薬』から追放される。それは気の毒なことだと思う。だがそれと同時に、掟《おきて》を破ってしまったのだから仕方がないとも感じていた。

紫蘭は恋を知らない。だから彼らの気持ちがわからない。愛欲というのは、それほどまでに自制がきかないものなのだろうか。

「紫蘭様……」

あせびはそんな紫蘭を見て、何やら物言いたげにしていた。

「――――紫蘭はいるか」

その時、紫蘭の部屋に神職が入ってきた。

「はい、ここに」

「大宮司様がお呼びだ」

『芍薬』の長である大宮司が自分を呼ぶ理由は、おそらく紫蘭自身の今後についてのことだろう。

「いよいよですね」

あせびもそう思ったのだろう。紫蘭は後輩に小さく微笑み、座っていた椅子から腰を上げた。

「今、参ります」


大宮司のいる場所は芍薬殿の最奥で、紫蘭も足を踏み入れたことはほとんどない。磨き抜かれた床を静かに進むにつれ、紫蘭は緊張が高まっていくのを感じていた。

できることなら、ここに残って奉職したい。

それが紫蘭の願いだった。今の生活が気に入っている。自由よりも、規律と静謐《せいひつ》に満ちた、心穏やかなこの日々が好きだった。追放された仲間達のように、激しい情動に身を任せたいとは思わない。自分が自分でなくなるような、自身が抑えきれなくなるような愛欲など、紫蘭にとっては忌避《きひ》すべきものでしかないのだ。

「大宮司様、紫蘭が参りました」

「入りなさい」

「ご無礼いたします」

案内してきた神職はそこで止まり、部屋の中には紫蘭だけが入る。大宮司の執務室は微《かす》かに香が薫《た》かれ、壁は一面の書物で埋められていた。奥の大きな机の前に一人の老人が座っている。小柄だがその目の光は衰えていない。紫蘭は身体が強張るのを感じた。

「お呼びでございましょうか」

「うむ」

大宮司は書き物をしていた手を止め、筆を硯《すずり》の上に置いた。

「紫蘭よ。おぬしはここに来てどれくらいになる」

「五歳の時に参りました。それからちょうど十五年になります」

「そうか。おぬしは神子の中でも特に優秀だと思っておる。教養も高く、舞いも素晴らしい」

「恐れ入ります」

紫蘭は恐縮して頭を下げる。

「おぬしも知っておる通り、神子はおよそ二十歳でその任を解かれる。その後はここを出ていく決まりだ」

「……はい」

「だが、儂《わし》はおまえをここに残したいと考えておった」

「――――」

大宮司の言葉に、紫蘭は微かな引っかかりを覚えた。『考えておった』と大宮司は言った。何《な》故《ぜ》過去形なのだろう。

「……それは、今はそう思われていない、ということでしょうか」

紫蘭の問いかけに、しばしの間があった。やがて大宮司は、重々しく口を開く。

「実は、おぬしに縁談の話が来ておる」

「……は？」

縁談、と大宮司は言った。それは結婚の話という意味だろうか。

「吉祥《きちじょう》殿下が、おぬしを伴侶《はんりょ》にと望んでおられる」

「……っ⁉」

紫蘭は答えることができなかった。

吉祥。現在の桜苑国の王、浅沙《あさざ》の弟で、勇猛果敢な武人として知られている。それと同時に、非常に恐ろしい男だということも。

「知っての通り、吉祥殿下は先の二人の奥方と離縁され、後添いにお前をと言っておられた」

「お————お待ちください！」

あまりのことに紫蘭は礼節も忘れ、大宮司の机に手をつき、身を乗り出した。

「いったいそれはどういうことですか？　何故私が吉祥様の……、それは、吉祥様が私と婚姻する、ということなのですか？」

「そうだ」

「私は男です。吉祥様ももちろん殿方。結婚はできませぬ」

「神子は神に捧げられた存在ゆえ、性別はない。であれば婚姻も可能であるとのおおせだ」

「……」

紫蘭は二の句が継げなかった。もしかしたら神子の任を解かれた後はここに残ることができず、俗世の中へ戻されるかもしれないという可能性があるとは思っていた。だが、王族の、それも国王の弟である吉祥と結婚する可能性などは、万に一つも想像していなかった。

「お断りすることは」

「できぬ。そもそも断る理由がない」

「……吉祥様が後ろ盾になってくださるということですか」

「お前は賢い子だ、紫蘭。それ故、できれば残って欲しかったが」

国の祭祀を取り仕切る『芍薬』は政治機関でもない、微妙な立ち位置にある。国の情勢によっては人員の削減や予算の増減など不安定になる可能性があった。だが紫蘭が王弟に嫁ぐとなれば、強力な後ろ盾ができる。神に仕える者といえども国の機関である以上政治に無関係ではいられない。

「……何故、私なのでしょう」

「それは吉祥様に直接聞くがよい」

王弟である吉祥のことはもちろん知ってはいたが、直接言葉を交わした記憶はない。王族も出席する祭祀の時に姿を見かけたくらいだ。

武人らしい、鍛え上げられた体軀と燃えるような赤銅色《しやくどういろ》の髪、整ってはいるものの厳めしい表情。いつも眉間《みけん》に皺《しわ》を刻んでいるという印象だった。国王である浅沙は柔和で穏やかな雰囲気であるというのに、似てない兄弟だなと思ったことがある。

「浅沙陛下と皇后様の間にはすでにお子が二人おられる。お世継ぎのことを心配する必要もないと思われたのだろう」

「……」

紫蘭は唇を噛んだ。ここで自分が駄々《だだ》を捏《こ》ねれば、『芍薬』に不利なことが起こるやもしれない。

それは紫蘭の望むところではない。

「……承知いたしました」

紫蘭は目を伏せ、自分の心を押し隠しながら、大宮司に向かって頭を下げるのだった。


「紫蘭様、どうかご息災で」

「ありがとう。皆も身体に気をつけて」

『芍薬』を出る日、紫蘭は神子の仲間達に見送られて王宮へと移り住むことになった。だが、その表情に喜びの色はない。それはそこにいる仲間達も同じようなものだった。神子達は皆戸惑っている。解任されて俗世に戻されるならともかく、王族と婚姻など聞いたことがない。

(理解しようとしなかったから、罰が下ったのだろうか)

惹かれ合ったために追放されてしまった二人の神子。彼らのことを、自分はわかろうとしなかった。年長であるのだから、話ぐらい聞いてやればよかったのに。

だが今更後悔してももう遅い。

「世話になった」

紫蘭は頭を下げると、迎えに来ていた宮城の者に連れられ、『芍薬』を去った。

「こちらで少しお待ちください」

通された部屋は控え室のようだった。ここで暮らせというわけではないのだろう。私物を預けた際、部屋のほうに運んでおくと言われた。

一人になった紫蘭は、ため息をつきながら長椅子に腰を下ろした。最初の頃の動揺と不安は少し落ち着いて、今は諦めの感情が大きくなっている。

(吉祥様……怖い方だと聞いているが……)

確かに、遠目から見た感じではその印象は拭《ぬぐ》えない。武人としての評価は高く、切れ者だという。おそらく戦場では、多くの敵を切り捨ててきたのだろう。紫蘭が見かけた吉祥は、いつも腰に大きな太刀《たち》を佩《は》いていた。

(そんな方が、私を)

ぶるっ、と肩が震える。

これからどんな運命が待っているのだろう。

下世話な噂によると、逃げ出した二人の妻は閨《ねや》での扱いに耐えられなかったという。いったいどんな目に遭《あ》わされたというのだろうか。自分もまた、ひどい扱いを受けるのだろうか。

(観念しろ)

いずれにせよ、もう逃げ出すことはできない。これまで自分を育ててくれた『芍薬』の利になるというのなら、これは耐えなくてはならない。

紫蘭は息を吸って、ゆっくりと吐く。舞いを奉納する前、緊張を和らげるためによくやっていた呼吸法だ。これで少しは落ち着く。

紫蘭が何度目かに息を吐いた時、ふいに部屋の扉が開いた。

「――――」

入ってきたのは、赤銅色の髪で背の高い黒い衣装を着た男。腰に大きな刀を下げている。厳しく整った顔。眉間には、やはり深い皺が刻まれていた。桜苑国王弟、吉祥だ。

紫蘭は咄嗟《とっさ》に立ち上がり、頭を下げる。せっかく整えた鼓動がまた速くなった。粗相をしでかしたらどうしよう。

「お初にお目にかかります。『芍薬』で神子を務めておりました、紫蘭と申します」

結婚相手に対する挨拶《あいさつ》として、これが正しいのかどうかわからない。だが彼はこの国の王族だ。礼を欠くわけにはいかない――――と、紫蘭が身体を折り曲げると、上から声が降ってきた。

「顔を上げてくれ」

「……」

紫蘭は恐る恐る頭を上げる。目線を吉祥に向けると、彼は黙ったままこちらをじっと見つめていた。相変わらず眉間には皺が刻まれていて、とても不機嫌そうに見える。

(何か間違ったか?)

背中を冷たい汗が伝った。だが、どうしたらいいのかわからない。十五年もの間神子として生きてきて、外の世界のことなどわからない。王族と対する時の正解のやり方など知らなかった。

「……あの、ご不快でしたでしょうか」

これでは『芍薬』の皆に迷惑をかけてしまうかもしれない。そうなったらどうしようと、紫蘭はひどく焦《あせ》った。

「申し訳ありませ――――」

「好きだ」

突然そんな言葉が紫蘭の耳に飛び込んできた。意味がわからず、きょとんとして吉祥を見つめる。

「は……?」

「こうして、そなたを間近で見るのは初めてだ。鴉《からす》の濡れ羽のような黒髪、けぶる睫、菫のような瞳。――――美しい。お前を好いている」

「……」

王弟の吉祥は負け知らずの将軍であり、戦場では鬼神のような働きをする。それが紫蘭の知っている吉祥のすべてだった。だが、今彼の口から出た言葉はあまりにも想像に難くて、すぐに理解することができない。

紫蘭はよっぽど腑《ふ》に落ちないという顔をしていたらしく、吉祥ははっと我に返ったような表情を浮かべた。そんな顔をすることすらも意外だった。

「いや……、突然こんなことを言ってすまない。だが俺はそなたを知っていた。神事の度に見事な舞いを舞っていただろう」

「ご覧になられていたのですか、いつも？」

王族が参列する儀式も年に何度かはある。だがそこに吉祥の姿を見かけたことはほとんどない。

「俺が側にいると、芍薬の者は怯《おび》えるからな。だからいつも離れた場所から見ていた」

「それは……」

紫蘭は否定することができなかった。それは本当のことだったからだ。

「俺は祭祀に興味がない。あの日、兄に顔だけは出せと言われていたから、素通りして出ていくつもりだった。だが神子が出てきた時、目が離せなくなった。それが六年前のことだ」

「六年」

紫蘭は目を見張った。ではこの吉祥は、紫蘭が十四の頃に自分を知っていてくれたというのか。

「そなたは何故自分がここに連れてこられたのか、理解できないでいるだろう」

「──────」

見抜かれてしまい、どう答えたらいいのかためらった。正直なことを言ったら、気を悪くさせてしまうかもしれない。紫蘭はまだこの男が怖かった。

「その考えは正しい。何せ俺は、二人の妻に逃げられているからな」

吉祥の男らしく整った顔に自嘲《じちょう》するような色が浮かんだ。

「国が決めた結婚だったが、彼女達は俺に我慢できなかった」

「それは……何故なのでしょうか」

紫蘭がためらいがちに訪ねる。すると吉祥は答えた。

「俺との閨が耐えられなかったらしい」

「っ」

紫蘭は言葉に詰まり、慌てて顔を背けた。少し顔が熱い。紫蘭はそれ以上のことは聞けなかった。

「神子は二十歳になるとその任を解かれると聞いた。だからお前がいなくなってしまう前に、ここに留めておこうと思ったのだ」

「それで、男の私と婚姻を……？」

「そうだ。兄は意外とすんなりと了承してくれたな。男のお前なら、あるいは大丈夫だと思ったのかもしれん」

舞いは優雅に見えるが、体力を必要とする。紫蘭が選ばれた訳がなんとなくわかった。

「突然召し上げるような真似をして、すまなかった」

「……」

そんなふうに謝られて、紫蘭は驚いて顔を上げる。そこには申し訳なさそうな顔をした吉祥がいた。胸の奥が跳ねたような感覚に貫かれる。

「その他にも、俺の悪い噂は色々と聞いているだろう。気が重いことだと思うが、不自由はさせないから、ゆっくりと俺を好いてくれると嬉しい」

(あ……)

その時の吉祥の瞳を見て、この人は言われているほど怖い人ではないのかもしれない、と思った。何より、紫蘭のことを好きだと言ってくれた。それは紫蘭がまだ知らない感情だ。この人は、その感情を自分に教えてくれるかもしれない。

「少しだけ、触れてもいいか」

「えっ」

吉祥の大きな手が上がり、紫蘭の頭の上に翳《かざ》される。思わず肩を震わせた紫蘭だったが、その手は柔らかく黒髪を撫でていった。

「……っ」

その瞬間、身体にある感覚が走る。それはこれまで感じたことのない熱だった。紫蘭は未知の感覚に震えた肌を、吉祥に悟られないように努力しなければならなかった。耐えられず、思わず目を伏せる。

「ではな」

だが吉祥はそれ以上は何もせずに、紫蘭に背を向けて部屋を出ていってしまった。後に残された紫蘭は、頬を熱くさせて、そのまましばらくの間動けずにいたのだった。


――――吉祥様。いったいどんな方なのだろう。

紫蘭は夜の闇の中、広い寝台の内で、一人思いを巡らせていた。

あれから私室として連れてこられたこの部屋は、とても居心地のよいところだった。床には美しい色の敷物が置かれ、品の良い調度が過不足なく設えられている。窓辺や卓の上には花が活けられていた。その横には甘い菓子と香りのよいお茶。これまで『芍薬』で厳しく律して生活してきた紫蘭には、信じられないほど贅沢《ぜいたく》に思えた。紫蘭を迎えるに当たって、とても細かく心配りがされているのがわかる。

今横たわっている寝台はとても広い。その意味は世間知らずの紫蘭にもわかる。この寝台で、吉祥が共に眠るためだろう。

「――――」

昼間のことを思い出し、身体がじんわりと熱くなるようだった。

（いったいどうしてしまったのだろう）

彼と話したのは今日が初めてだ。それなのに、知らない感覚が自分の中に住み着いてしまっている。

『お前を好いている』

自分のことを彼はずっと見てきたと言った。だが、紫蘭は彼のことを知らない。怖い人だと思っていたのに、突然そんなことを言われて気持ちがかき乱された。

（あの方が、私の夫になる）

胸の中で噛みしめると、急に鼓動がどきどきし始めた。これでは、いつまで経っても眠れない。

「ああ……、困った」

紫蘭はもう何度目かの寝返りを打つと、一人寝台の中で大きくため息をついた。

「お目覚めですか、紫蘭様」

朝の光とかけられた声に、紫蘭は重い瞼《まぶた》を上げた。部屋の中に誰かがいる。ここは何処だろう。そんなことを考えて、次の瞬間、自分が王宮に召し上げられた事実を思い出した。思わず飛び起きる。

「おはようございます、紫蘭様」

「お……おはようございます」

入ってきたのは身の回りの世話をするという少年だった。確か昨日、山吹《やまぶき》と紹介された気がする。紫蘭よりも三つか四つほど年下、ちょうどあせび達と同じ年頃だろうか。活発で気働きのききそうな、神子であるあせび達とは少し違う印象がする。

「昨夜はよくおやすみになられましたか？」

「いいえ、あまり……」

紫蘭が首を振ると、山吹は「でしょうね」と笑った。

「慣れない環境では、誰しも最初は眠れなくなるものです。でもすぐに慣れますよ」

紫蘭は言えなかった。吉祥のことを考えていて眠れなかったのだと。

「では、お顔を洗った後、お召し替えをいたしましょう」

自分のことは自分でできる、と、実は昨日部屋に案内された時も告げたのだが、山吹に「紫蘭様のお世話をするのが私の仕事なのです」と怒られてしまった。その立場はわからないでもない。人に世話をされるなど居たたまれないが、紫蘭は山吹に任せることにした。

「お美しい髪ですね。どのように結いましょうか」

神子だった時は、後ろで結った髪に丈長奉書《たけながほうしよ》をつけていた。だが今日からは神子の装束のままというわけにもいくまい。

「お任せします」

「承知しました。では、吉祥様にも喜んでいただけるようにいたしましょう」

そう言うと山吹は手慣れた様子で紫蘭の長い髪を梳き始めた。両横の髪を上げられ、藤《ふじ》の花を象《かたど》った飾りをつけられる。鏡の中に映った自分は、なんだか違う人間のようだった。

「吉祥様は一緒にご朝食をとられるそうなので、そちらに参りましょう」

「そう……ですか」

てっきり一人で過ごすものだと思い込んでいた紫蘭はどきりと胸を震わせた。山吹に案内されて同じ棟にある小さな部屋に入ると、そこに朝食の用意がなされていた。

紫蘭が席に着くと同じくらいに、大柄な男が入ってくる。

「おはようございます。吉祥様」

「ああ」

給仕をする者が折り目正しく頭を下げて挨拶をする中、紫蘭も立ち上がって礼をとった。

「おはようございます」

「おはよう。昨夜は……あまり眠れていなかったようだな」

吉祥は紫蘭の目元を指先でそっと撫ぜた。その優しい感触に驚いて思わず身を引いてしまい、椅子ががたりと音を立てる。

「申し訳ありません。お見苦しいものを……お見せしました」

寝不足で目が赤くなっているのを見られたのだろう。紫蘭は袖《そで》でそっと口元を押さえた。

「いや、構わない。それよりも、今日はよく眠れるように、気持ちが落ち着く茶でも運ばせよう。山吹、いいな」

「承知いたしました」

山吹が心得たと返事をする。

「お気遣いありがとうございます。大丈夫です」

恐縮してしまうと、吉祥が低く紫蘭の名を呼んだ。

「紫蘭」

「――はい」

叱責《しっせき》されてしまうのだろうかと、覚悟を固める。

「そんなに畏《かしこ》まることはない。突然連れてきて何をと思うかもしれんが、お前はここで好きなように振る舞っていい。神子の生活は、何かと制限が多かったろう」

「いいえ、神に奉職する日々に、私は満足しておりました」

言ってしまってから、まずかっただろうかと思う。だがそれは本当のことだった。あのまま静かにあそこで生きていきたいということも。

「……そうか」

だが、気のせいだろうか。吉祥はその時、少し悄然《しょうぜん》としたように見えた。

そのうち食事が運ばれてきて、二人で箸《はし》を取る。出されたものはどれもおいしく、身体によさそうなものばかりだった。ちらりと吉祥のほうを見ると、彼はその大きな口に黙々と食べ物を運んでいた。怖そうに見えてもやはり王族というべきか、どこかしら品のようなものが漂っている。

何より、おいしそうに食事をするのがいいな、と思った。

「――今日は、俺は休みなんだが」

唐突に話しかけられて驚いた。もしかして、盗み見ていたのがばれたのかと思ったからだ。

「話でもしようかと思ったが、お前はこの後少し寝るといい。昨夜眠れなかったのだろう」

「――あ、いえ、大丈夫です」

紫蘭は慌てて首を振る。なんとなく、離れがたいと思ってしまった。

「しかし、寝不足は身体によくない」

「いえ、むしろ今寝てしまうと、また夜に眠れなくなってしまいますので」

そう言うと、吉祥は難しい顔でふむ、と黙り込んだ。そうしているとまるで怒っているような顔にも見えて、紫蘭は少し不安になってしまう。

「わかった。ではお前の部屋に行くとしよう。だが眠くなったら遠慮せずに寝るのだぞ」

「はい、承知いたしました」

やはり見かけほど怖い人ではないのだ。むしろ紫蘭のために精一杯気遣っているような感じすらある。

紫蘭は相変わらず、婚姻というものがどんなものかわからない。

もう少し吉祥の側にいれば、それを教えてもらえるような気がした。

「このような素敵なお部屋を調えていただき、ありがとうございます」

部屋に戻って改めて吉祥に礼を述べる。彼は憮然《ぶぜん》としたままで首を振った。

「何か必要なものがあれば、遠慮なく言うといい」

「いえ、充分です。窓からの景色もとても美しくて——」

紫蘭は窓辺に寄り外を眺めた。この部屋は二階に位置しているが、建物自体が高台にあるため、王宮の庭や敷地内が一望できる。

昨夜は外の景色を眺める余裕もなかったが、今ようやく人心地ついて目の前に広がる眺望を楽しむ。

ふと、木立の向こうにある建物が目に止まった。

「あれは、『芍薬』ですね——」

昨日の朝まではあそこにいた。仲間達と一緒に神に寄り添い、舞いと祈りを捧げた日々。それがもう、遠い昔のように思われてしまう。

郷愁《きょうしゅう》に襲われ、紫蘭は口を噤《つぐ》んだ。どこか胸が締めつけられる気がする。

「戻りたいか」

ふいにすぐ後ろから声をかけられ、慌てて振り向いた。

吉祥がすぐ後ろに立っている。最初に会った時には髪を撫でられたが、こんなに近くに接近したのは初めてだった。

「――」

また、胸の音が大きくなるのを感じながら、紫蘭はどう答えていいものか迷っていた。

『芍薬』で奉職することに未練がないとはまだ言えない。けれどここにやってきて、吉祥と出会い、たった一日で彼の存在が誰よりも気になっているのも事実だった。

「吉祥様は、そのようなことを気遣われる必要はございません」

紫蘭は薄く笑い、その質問を流す。

吉祥は紫蘭を娶《めと》ったのだ。故に彼は、紫蘭を好きに扱っていい権利がある。だから紫蘭は、彼が恐ろしい男だという噂を聞いて、最初は怯えたのだ。もしかしたら手酷い扱いをされるのではないかと。

だが彼はその予想に反して紫蘭に優しく接してくれた。何より初めて会った時の言葉が胸に刻み込まれている。

『好きだ』

あんなことを言われたのは初めてだった。他人から強い感情を向けられたことのなかった紫蘭は、それをどう受け止めていいのかわからない。

だからせめて、吉祥の思う通りに扱って欲しかった。それくらいの覚悟は、最初にここに来た時から持っている。

だが紫蘭の言葉に、吉祥は眉間の皺をますます深くして告げた。

「俺はお前を大切にしたいと思っている」

「……」

「教えて欲しい。どうやったらお前は俺を好いてくれるのか」

「好いております」

紫蘭は咄嗟に答えた。好きというのがどういう感情なのか、正解がわからなかったが、吉祥に対して好意的な思いは抱いている。だがそれを聞いた吉祥は、困ったように表情を緩めた。

（あ）

笑ったのだ、とその時思った。

ゆっくりと手が伸ばされ、首の後ろを軽く摑《つか》まれる。次の瞬間、紫蘭と吉祥の間の距離がなくなった。互いに衣服を着ているというのに、どういうわけか吉祥から熱を感じる。

整った顔立ちが近づいてきて、紫蘭は耐えられずに目を閉じた。

「ン――」

熱く弾力のあるものが唇《くちびる》に押しつけられる。唇にかかる吐息で、それが彼の唇なのだとわかった。口吸いをしている。どうしていいのかわからずに、ただ身体を硬直させていた。呼吸をしていいものか判断できず、息を止めてしまう。

「……っは、あ」

数秒の間だったろうが、その間紫蘭の頭の中は真っ白だった。唇が離されて、ようやく呼吸を思い出したように息を吸い込む。

「……っあ」

「紫蘭」

顔が真っ赤になっているのが自分でもわかる。恥ずかしくて吉祥の顔を見られなかった。そんな自分の名前を、彼が呼ぶ。

「俺が好きだというのはこういうことだが、わかっているのか？」

「────」

わかっていたつもりだった。仮にも婚姻関係にあるというのだから、こういったことは当然あるものだと。だが今体験したそれは、あまりにも生々しかった。自分の反応もまったく予想がつかないものだった。

ただひとつ言えるのは、嫌ではなかった、ということだが。

「……そう、怖がるな」

「あ、あなたが怖いわけではありません」

寂しそうな顔をして吉祥が離れていこうとするので、紫蘭は慌てて彼の袖を摑んだ。

「怖かったのだとすれば、それは私の無知さ加減です」

「お前は神子として世間から切り離されて育った。それは仕方のないことだ」

「では……吉祥様が教えてください」

自分で言った言葉に、紫蘭は自分でも半ば驚いていた。だが紫蘭にとって、今や吉祥は大きな存在となってしまっている。彼が望んでいることなら受け入れたいと思った。

「覚えるよう努《つと》めます。なので、私に」

「あまり殊勝なことを言うな」

優しい声がして、さっき口づけられた唇を親指で触れられる。紫蘭は言葉を封じられた。

「このまま奪ってしまいたくなる。俺はそういう男だ」

「前の奥方様とのことがあるから……。それで私を真綿にくるむようにしているのですか」

紫蘭は少し踏み込んでみた。怒るだろうかと思ったが、彼は怒らなかった。

「それもあるやもしれんな」

「私は多分、女性である前の奥方様よりも、頑丈にできていると思います。舞い手は丈夫でなければならないからです」

そう告げると、吉祥は何がおかしいのか笑いを漏らした。

「やはり、お前は俺を驚かせる」

彼はそう言って、紫蘭の腰を抱き寄せる。再び逞《たくま》しい肉体と密着してしまって、紫蘭は息を呑《の》んだ。だが、努めて平静を装う。胸の鼓動を聞かれればわかってしまうだろうが。

「わかった。少しずつ俺という男を知ってくれ」

「はい……」

物理的な距離だけでなく、心の距離も少しは縮まっただろうか。

吉祥の掌《てのひら》が頬《ほほ》を撫でる。その熱さは心地よいものだった。ゆっくりと顔が近づいてきて、今度は何をされるのかわかった。

目を閉じた紫蘭の唇に、さっきよりももう少し深く唇が重なってきた。


「紫蘭様。――――紫蘭様？」

何度か名前を呼ばれていたらしい。紫蘭ははっとして、慌ててあたりを見回した。いつの間にか部屋に山吹が入ってきていた。

「あ、あ……、すみません」

ぼうっとしていた。首を左右に振り、雑念を振り払おうとする。ここ数日、こんなことばかりだ。そう、吉祥に抱きしめられ、初めて口づけられた日から。

今日も起きて朝食の後で庭を散策し、部屋に戻って書物を読んだりしていたが、いつの間にか思索《しさく》に耽《ふけ》ってしまった。思い浮かぶことといえば、吉祥のことばかり。

「紫蘭様――、ひとつ言っておきたいことがございます」

「なんでしょう」

山吹がしかつめらしい顔で切り出すので、何かまずいことをしてしまったのかと身構えてしまう。

「私に対して敬語はやめてください」

「けれど……」

山吹には身の回りの世話をしてもらっている。そんな相手にぞんざいな口を叩《たた》くことはできない。

「いいですか。人にはそれぞれ立場というものがございます。私の立場は紫蘭様にお仕えすること。紫蘭様は仕えられる側。それをわきまえていただかなくてはなりません」

「……なるほど」

そんなふうに言われると、それももっともなような気がしてくる。紫蘭が生真面目に頷《うなず》くと、山吹は耐えきれないようにぷっと吹き出した。

「吉祥様の奥方様は紫蘭様で三人目ですけど、あなたのような方は初めてです」

「それは、私は男だし……」

「それは特に関係ありません。紫蘭様は先の奥様方よりもお綺麗ですから」

山吹はこれまでの吉祥の妻を世話してきたのだと言った。それを聞いて、紫蘭は思わず前のめりになる。聞きたいことがあったのだ。

「吉祥様の以前の奥方様達は、何故離縁なされたのだろう」

「ああ……」

紫蘭がそれを聞くと、山吹は目を逸らした。

「吉祥様からお聞きになりませんでしたか？」

「閨事に耐えられなかった、とだけ……」

紫蘭はそれがどんな意味を持つのか、詳しいことはわからなかった。ただ、紫蘭はまだそれを経験していない。吉祥は未《いま》だ紫蘭を抱いていないのだ。

「私も、御寝所の中にまで入っていったわけではないので、本当のところはよく知らないのです。ただ、二番目の奥方様が侍女に零《こぼ》しているのを聞きました。こちらの身体が保たない、と……」

「それは……」

「吉祥様はとても性のお強い方なのです」

あからさまな言葉に、紫蘭は思わず絶句する。

「なので、今までの奥方様たちではお相手が務まらなかったようで。でも紫蘭様なら大丈夫だと思います！　女性とは違いますし、舞いの名手でしたので」

「そういう問題だろうか」

紫蘭は自信がなかった。何せ自分にはそういった経験がまるでない。だから吉祥が閨で紫蘭に満足するかどうか、まるでわからないのだ。そもそも彼は、紫蘭を抱こうともしない。

「共寝をしていただけないのは、何か理由があるのだろうか」

「紫蘭様を大事になされているのだと思いますよ」

それは彼もそう言っていた。だがそれで本当にいいのだろうか。

「どうしたらいいのだろう」

「そのまま、吉祥様にお任せになればよろしいと思います」

よいようにしてくださいますよ、と山吹は言ったが、紫蘭はまだ疑問に思っていた。だがそんなことを考えている自分がはしたないと気づき、反省する。結婚生活はそれだけではない。吉祥のよき伴侶となるように努力すべきことは他にもある。それなのに、自分は閨事ばかり――。

紫蘭が恥じ入ると、そこへちょうど吉祥が入ってきた。

「紫蘭はいるか」

「は、はい！」

椅子から慌てて立ち上がり、夫である男を迎える。山吹は気遣ってくれたのか、何かあればお呼びください、と一礼して出ていった。

吉祥はいつも黒っぽい衣服を好んで纏っている。大柄な彼がそんな格好をすると、威圧感が出る。紫蘭は最近ようやっと彼の圧に慣れたところだった。それは吉祥が紫蘭に優しくしてくれるからに他ならない。

「機嫌はどうだ」

「とてもよいです」

「顔色もいいな。何か少しでも不具合があったら、すぐに言うのだぞ」

「ありがとうございます」

こんなふうに細かく気を配ってくれるのは申し訳ないくらいだ。自分はただここにいるだけで、何も返せはしないのに。

「今日はお前に贈り物を持ってきた」

吉祥は手にした布を広げてみせた。それは美しい羽織だった。紫の地に、大小の花模様が染め上げられている。花びらの所々に金色の縁取りが入れられていた。

「こんな素晴らしいものを私に？」

「お前はいつも簡素なものを着ているからな。慎ましいのは美徳でもあるが、たまには華やかなものを纏って俺を楽しませてくれ」

紫蘭は『芍薬』で神子として生活をしていたので、常の服装は地味な小袖と袴《はかま》のみだった。儀式の時は美麗な衣装を身につけるが、それ以外は節制を常としていた。

紫蘭ははっとして吉祥を見上げる。

「もしかして、吉祥様に恥をかかせていたのでしょうか」

すると彼は表情を緩ませた。

「いいや。そんなことはない。贅沢に溺《おぼ》れないお前を誇らしいと思う。むしろ謝らねばならないのは俺のほうだ――。何せ俺は三回目の結婚だから、婚姻の儀も挙げてやれない」

そうか。結婚する時は婚姻の儀を行うのか。

祭祀を取り仕切る『芍薬』にいたというのに、紫蘭はその時初めてそれに気づいた。

「そのことなら、お気遣いは不要です。……大勢の方に注視されるのは、恥ずかしいですし……。奉納の舞いの時は平気なのですが……」

気まずそうに言うと、吉祥はおかしそうに笑った。その表情に見惚《みほ》れてしまう。

「そう言ってくれると安心する。だがこれは受け取ってくれ」

羽織が紫蘭の肩にかけられた。

「よく似合う」

「……本当にありがとうございます。何をお返ししたらよいのか」

紫蘭は微笑んで、吉祥を見つめる。すると、彼の緑色の瞳の中が、ふと熱を孕《はら》んだような気がした。気がつくと、紫蘭は腰を抱き寄せられている。心臓が跳ね、緊張で身体が強張った。

「――そう身体を固くするな」

「あ、申し訳…ありません」

「よい。その物慣れなさも俺は愛おしく思う」

吉祥の腕に力が籠《こ》もって、紫蘭は甘苦しさに襲われた。気のせいか、身体の奥が熱を持ってくる。

「口を吸ってもいいか」

「……」

紫蘭は答えずに目を伏せた。すると唇に熱い吐息がかかり、すぐに弾力のあるもので口を塞《ふさ》がれる。三度目の口づけ。それは紫蘭の頭をくらくらと惑わせた。触れている部分すべてから彼の熱が伝わってくる。それだけで満たされると思っていたのに、今日のそれは少し違っていた。

「ん、ンっ」

舌が。

吉祥の舌が、紫蘭の唇をこじ開け、歯列を割って忍び込んできた。驚いて身を捩《よじ》ろうとするが、彼の逞しい腕に捕らえられてそれも叶わない。だが彼の舌が紫蘭の口の中を舐《な》め上げた時、身体に甘い衝撃が走る。

「……っ」

先ほど体内に感じていた熱の塊《かたまり》のようなものがゆっくりとうねり出すのがわかった。吉祥の舌が口内で動く度に、それが次第に大きくなっていく。そして舌を吸われた時、はっきりとした快感が背筋を貫いた。

「ふ、んっ」

吉祥に抱きしめられている身体がぴく、ぴく、と震える。思考に霞《かすみ》がかかり始めた時、吉祥が腕を離してくれた。

「は……っ」

「大丈夫か」

吉祥の指先で濡れた唇を拭われる。潤《うる》んだ瞳を彼を見上げた。

「触れるだけにしようと思っていたのに、つい我慢がきかなくなった」

苦笑するような彼の表情に、胸の奥がきゅうっと摑まれる。気がつくと膝《ひざ》の力が抜けかけていて、椅子の上にそっと座らされた。

「今の……は」

紫蘭が知っている口づけとはまるで違う。それでも吉祥の耐えているような顔に、彼が思い留まってくれたことを知った。

「急ぎすぎた。許せ」

彼はそう言って、紫蘭の額《ひたい》に軽く唇を押し当てた後、部屋を出ていってしまう。

後には紫蘭が一人、まだ身体に熱を凝《こご》らせたまま座っていた。


まだ昼間の熱が引かない。

紫蘭はまた一人寝台の中で何度も寝返りを打っていた。

初めての深い口づけの余韻が、未だに紫蘭の中に居座っている。

(あんな感覚、初めてだった)

紫蘭は指先でそっと自分の唇に触れてみる。ここに、彼が口づけた。

そして指先を咥《くわ》え、吉祥が吸った舌先にも触れてみた。

「……」

ちゅっ、という音が暗い部屋に密やかに響く。

(もしもあれ以上事が進んでしまったら、どうなっていたのだろう)

彼は明らかに我慢していた。本当は前の妻達と同じように抱きたいのに、紫蘭のことを気遣って抑制しているように見えた。

(私にまで逃げられたら困ると思っているのだろうか)

だとしたら少し悲しいと思った。そんなに簡単に逃げ出すような人間だと見られているのだろうか。二度も離縁があったなら慎重になるのは仕方ないかもしれない。だが紫蘭とて、それなりの覚悟をしてここにやってきたのだ。

大事にされているのはわかる。でも。

紫蘭は夜着をぎゅっと握りしめた。身体の奥が何か火照《ほて》っている。自分の片手が胸元から太股《ふともも》へと滑り、内側へゆっくりと入ってゆく。夜着の裾《すそ》を割ったところで、はっと我に返った。

(駄目だ、こんなこと)

欲に流されるのは悪いことだ。神子は清童であらねばならない。『芍薬』の神子達は年頃を迎えると、手淫《しゅいん》に耽ったり神子同士で慰め合ったりすることもあった。それが高じて情を交わした結果、見つかって追放されてしまうこともある。紫蘭は神子として奉職していた時、そういった欲に悩まされることはほとんどなかった。だから自分は情も欲も薄いのだと思っていた。

（どうして）

それなのに、どうして今は我慢ができないのだろう。

「は、あっ……」

熱い吐息が唇から漏れる。腰の奥が疼《うず》いて、もじもじと下肢を蠢《うごめ》かせた。ためらうように内股をさすっていた手が、恐る恐る股間を撫で上げる。

「ん、うっ……」

下帯の上から触れただけでも、じいん、とした感覚がそこに広がった。恥ずかしさと後ろめたさに苛《さい》まれながらも、それが自分の求めていた感覚だと思い知らされる。薄い布の下で頭をもたげるものを、紫蘭は擦《こす》り上げ、揉《も》みしだいた。

「あっ…、んっ…んっ……」

刺激に小さく喘《あえ》ぎながら、紫蘭が思うのは吉祥のことだった。あの黒い装束の下にはどんな肉体が隠されているのだろう。きっと素晴らしく逞しくて、強い身体に違いない。その肉体が紫蘭を組み敷いて、優しくも強引な愛撫で追い上げてくる。

「ふあ、ああ……っ」

彼を汚している。駄目だこんなこと。すぐにやめなければ。そう何度も思っているのに、ぎこちなく自身を追い上げる指が止まらない。紫蘭はたまらずに下帯の中に指を忍ばせ、自分のものを直に握った。強い刺激が身体を貫く。

「ん、は、あぁ……っ」

思わず腰を揺らしてしまうような快感に仰《の》け反《ぞ》りながら、自分の手の中に白蜜を放つ。こんな快楽を得たのは初めてだった。だがこれが彼の手だったならば、どんなふうになっていたのだろう。

「……っ」

白く汚れた掌を呆然《ぼうぜん》と眺めていた紫蘭は、寝台から下りると部屋の奥の扉を開け、湯殿へ向かった。寝る前に湯浴みをしたのでまだ風呂に湯は残っていたが、すっかり冷めて水になっている。紫蘭は桶《おけ》を摑むと、構わずにそれを頭から被った。肌を刺すような冷たさが頭を冷やしてくれる。

(なんてふしだらなことを)

吉祥が紫蘭を抱かないのは大事にしてくれているからなのに、それを不満に思って自分で慰めてしまうなんて。

二度、三度と水を被ると、寒さに身体が震えてくる。色を失った唇がわなないても、紫蘭はまるで自分への罰のように水を被り続けた。

「髪が濡れていらっしゃるのはどうしてなのですか」

紫蘭の髪を梳《くしけず》りながら、山吹が不審そうに尋ねてくる。

「……少し、暑くて。それで水を」

「まだ弥生《やよい》の月ですよ？」

冬は過ぎたとはいえ、まだ肌寒い時期だ。それは紫蘭もわかってはいたが、自慰をしてしまったので肌の熱を冷ますために水を浴びた、などと誰が言えるだろうか。

「神子時代は、水ごりの修行もしていた」

「どうして今水ごりをする必要があるのですか」

それ以上はうまい言い訳が考えられない。紫蘭が黙ってしまうと、山吹は息をついて「これから夜中に湯浴みをしたい時は私を呼んでください」と告げた。

「休んでいるのに悪いだろう」

「それが私の仕事ですから。吉祥様がお渡りになられる時は、寝ずの番の者がついているのですが」

しれっととんでもないことを言われたような気がする。思わず赤面しかけた時、慌ただしい足取りで吉祥が入ってきた。

「吉祥様」

「突然すまないな、紫蘭」

「いえ、そんなことは。……どうなさったのですか、そのお支度は」

吉祥は鎧《よろい》を身に纏い、腰に刀を差していた。何より彼を包んでいるただならぬ緊張感が何か起こったことを伝えている。

「南の国境地帯で紛争が起こった」

「では、ご出陣ですか」

「ああ」

山吹の問いに彼は短く頷いた。

「こんなに急にですか」

「戦は突然起こることもある。出る前に、お前の顔だけは見ておきたいと思った。もう行かねばならん」

驚く紫蘭に吉祥は手を伸ばし、紫蘭の頬に触れる。

「早ければ二週間で戻る」

そんなに。

そう声に出してしまいそうなのを、紫蘭は咄嗟に堪《こら》えた。気を取り直し、毅然《きぜん》とした表情を作る。

「承知いたしました。ご武運を。無事のお帰りをお待ち申しております」

「ああ。必ず」

吉祥は頷き、それから早足で部屋を出ていった。本当に時間がなかったのだろう。それなのに紫蘭の顔を見に来てくれた。

「吉祥様――――」

どうして忘れていたのだろう。彼は武人だ。それも、この国でも指折りの。紫蘭自身、戦に出向く兵士のための、戦勝祈願の舞いを幾度も捧げたこともあったのに。

「ご立派でしたね、紫蘭様」

吉祥を送り出した時の振る舞いを、山吹はそう褒めてくれた。

「……立場を、思い出した……。あの方は、戦う方なのだと」

その吉祥の伴侶であるからには、彼を引き留めてはいけない。無事を信じ、不安げな顔など見せてはならない。

「吉祥様はとてもお強いと聞いた。必ずここへ戻ってこられる」

自分に言い聞かせるように呟《つぶや》く紫蘭に、山吹も大きく頷いた。

「もちろんです。南の国境地帯は蛮族《ばんぞく》の根城があって、これまでも何度か衝突はありました。吉祥様が出ていけばすぐに鎮圧されるでしょう」

紫蘭は頷いた。彼はきっとすぐに帰ってくる。それを信じるしかない。武人の伴侶となるのはそういうことだった。

部屋の窓から、兵士達が出陣する様子が見て取れる。

紫蘭はそれを見下ろしながら、先頭で馬に乗る吉祥の姿をじっと見つめるのだった。


ところが、三週間経っても吉祥は戻ってこなかった。

「向こうの天候が悪く、膠着《こうちゃく》状態となって長引いているそうです。あと二週間もすればきっとお帰りになるだろうと……」

山吹が報告を聞いてきてくれて、紫蘭に伝えてくれた。

「……わかった」

それなら仕方がない、紫蘭は無理やり自分を納得させる。一刻も早く戦が終わるよう祈るしかないのだ。

吉祥が出陣してから、紫蘭は努めていつも通りに生活していた。朝起きてから朝食を終えると、書物に目を通したり、庭を眺めたりして過ごす。戦場にいる吉祥に手紙を書いてみてはどうかと山吹に勧められたが、それはやめた。吉祥の邪魔をしたくなかったのだ。

二週間後に彼が帰ってくるまであと一日、あと一日と指折り数えるようにして待ち侘《わ》び、ようやくあと数日となった頃に帰還が遅れるという知らせが来た。

（罰が下ったのかもしれないな……）

あの夜、我慢できずに吉祥を穢《けが》してしまった。そんな紫蘭に、神様が天罰を下したのかもしれない。

（私はどんな罰でもお受けしますから、どうか吉祥様のご無事を）

彼がそう簡単に死ぬような武人ではないと聞いてはいても、やはり心配の種は尽きなかった。部屋に籠もっていても鬱々《うつうつ》となるばかりで、紫蘭は散歩に出ることにする。少し外の空気を吸いたい気分だった。

「西の棟の庭園も見応《みごた》えがあって素敵ですよ」

山吹にそう勧められたので、いつも散歩している庭とは違う場所に行くことにする。花と緑に囲まれた庭とは異なり、そこは池や木、岩などが見事な配置で据えられていた。池の中には、何かの魚が泳いでいる。橋の上からその魚を眺めていると、ふいに近くから声をかけられた。

「おや？　そなたは……」

紫蘭は顔を上げ、声のするほうへと振り向く。

そこには一目で貴人とわかる身なりをした男と、美しい女性がいた。紫蘭ははっとしてその場で低頭する。何故ならその姿を、王族も参加する儀式で見たことがあるからだ。

桜苑国国主・浅沙。そしてその妻である月下《げっか》だ。

「思い出した。『芍薬』の神子だな。奉納の舞いで見たことがある。しかし何故今こんなところにいるんだ？」

浅沙は吉祥の兄である。だが吉祥とは違い、穏やかで柔和な印象の男だった。彼もまた美丈夫《びじょうぶ》ではあるが、それは吉祥とは異なったものだ。そして浅沙は切れ者の国主として周辺諸国に名を馳《は》せている。優しげに見えても、決して見かけ通りではないということだ。

「浅沙様。彼は吉祥殿の三人目の伴侶では？」

浅沙の妻である月下が告げる。彼女は馥郁《ふくいく》とした薔薇《そうび》のごとき印象の美女だった。白い肌から、白粉《おしろい》の匂《にお》いが漂ってくる。

「ああ、そうか、思い出した。吉祥の奴め。私にまったく紹介もしないものだから、すっかり忘れていたよ」

「ご――――ご挨拶が遅れ、大変ご無礼をいたしました。紫蘭と申します」

紫蘭は恐縮しきりだった。それと同時に吉祥に心の中で抗議をする。よく考えなくとも、婚姻相手として紫蘭を王宮に連れてきたならば、国主である浅沙に目通りをせねばならない。彼はそれを怠《おこた》っていたのだ。

（お帰りになられたら、一言申し上げないと）

焦りと羞恥《しゅうち》で頭をいっぱいにしている紫蘭に、浅沙は鷹揚《おうよう》な口調で言った。

「いや、いいんだよ。吉祥が妻を迎えるのは三度目だからね。しかし今度の子は、ずいぶん毛色が違うようだ」

「はい――。私も、そのように思っております」

思わず正直に答えてしまうと、何かおかしかったのか、浅沙と月下が笑い出した。

「でも、今までの方の中で一番お美しくてよ。たとえおのこでも」

「……恐れ入ります」

「吉祥は今、南の国境沿いか。天候が悪くて時間がかかっていると聞いている。心配しているのだろう。そんな横顔をしていた」

浅沙の見透かしたような言葉に、身の竦《すく》むような思いに駆られてしまう。

「何、案ずることはない。弟は必ずそなたの元に帰ってくる。あれは強い。まるで鬼神のようだ。国主として、あれが自分の弟で真によかったと思っている」

「むしろ帰られた夜は大変なのではないかしら」

月下が意味ありげに笑って、袖で口元を隠した。

「初めの方はふた月、その次の方は三月。あなたはどうかしらね」

「よしなさい月下。少々はしたない」

浅沙は妻を窘《たしな》める。だが月下は笑うのをやめ、真顔になって続けた。

「だって浅沙様。わたくしこれまでの奥方様には、女として少々同情申し上げますの。吉祥様はお相手には関心がないというのに、閨事ばかりにつき合わされて」

「……」

関心がない？　吉祥は前妻達のことをどう思っていたのだろうか。

「紫蘭と申しましたかしら。せめてあなたには幸せになってもらいたいわ」

「もったいなきお言葉です」

挨拶もしない自分を許してくれたばかりか、そんな言葉をかけてくれた浅沙達は気のよい方達なのかもしれない。紫蘭はすっかり恐縮するばかりだった。

「では、私はこれにて……。ご無礼いたしました」

「ああ、紫蘭」

「はい」

去り際に声をかけられ、紫蘭は振り返る。

「弟にとって、どうやらそなたは特別らしい。帰ってきたらせいぜい労《ねぎら》って、甘えさせてやってくれ」

紫蘭は頭を下げ、その場を後にするのだった。

吉祥が出陣してから一月《ひとつき》半が過ぎた頃、ようやっと彼の兵達が帰還してきた。紫蘭はいてもたってもいられない自分をどうにか抑えて、部屋の中を歩き回っていた。今から自分が吉祥を出迎えようか────。だが、王宮のどこに吉祥がいるのかもわからない。そもそも戦から帰ってきた後は、いろいろとやるべきことがあるのではないだろうか。

「────」

紫蘭は何度目かのため息をつく。窓の外はもう暗くなっていた。

(こんなにあの方に会いたくなるだなんて、思ってもみなかった)

あの低い声で名前を呼んで欲しい。大きな手で髪や頬を撫でて欲しい。そしてあの熱い唇で、舌を吸って欲しかった。

そんなことを思ってしまい、部屋の真ん中で立ち竦んでしまうと、いきなり部屋の扉が開いた。

「紫蘭!」

「────!」

紫蘭は身を翻《ひるがえ》すようにして振り返る。果たしてそこには、紫蘭の夫である男の姿があった。

「吉祥様！」

吉祥は足早に、真っ直ぐ紫蘭の元まで来ると、無言で紫蘭を抱きしめてきた。

「会いたかった」

「……っ吉祥様」

きつく抱き竦められて、少し苦しい。けれど離して欲しくはなかった。彼は鎧を脱いでいたが、まだ戦装束のままだった。おそらく、可能な限り早く紫蘭の元に来てくれたのだろう。吉祥からは埃《ほこり》と汗と、そして微かな血の匂いがした。

「遅くなってすまなかった」

「いいえ。……ご無事でよかったです」

およそ一月《ひとつき》半ぶりに感じる彼の体温と抱きしめる力の強さ。紫蘭はふと、人を恋慕うというのはこういう感情なのかもしれないと思った。まだよくわからないけれど、吉祥が側にいて欲しいという気持ちは偽りのないものだ。

「紫蘭……」

腰を抱く手にぐっ、と力が込められる。すると紫蘭の腹部に、ごりっ、と何か固いものが当たる感触がした。衣服の上からでもわかる熱。それが吉祥の雄《おす》なのだとわかった瞬間、身体が反射的にびくりとわななないた。

「っ！」

「――――すまん」

吉祥は慌てたように紫蘭の身体を離す。彼は口元を押さえ、ばつが悪そうに横を向いた。

「お前に一刻も早く会いたくて……。無作法だったたな」

「……」

彼は王族であり、紫蘭のことなど自分の好きなように扱うことができるはずだ。なのに吉祥はずっと、紫蘭のことを精一杯尊重しようとしている。それは今もだ。強面《こわもて》の外見の彼がそんなふうに振る舞う様に、紫蘭は思わず愛おしさのようなものを感じてしまう。

「――――吉祥様は、この私に何をお求めですか」

だが紫蘭の口から出た言葉は、思いのほか強い響きだった。ずっと鬱屈《うっくつ》していた思いが、一気に噴出してしまったようだった。

「添う者としての努めが果たせなければ、ここにいても無意味です。私はただここで寝起きし、庭を眺め書物を読むだけの存在になってしまいます。それならば、私を『芍薬』に戻してください。清童であれば、まだ勤めに戻れるでしょう」

吉祥は紫蘭のそんな言葉に怒りもせず、ただ驚いたような顔をしている。

「……怒っているのか」

「散歩中に浅沙様と后妃様にお会いしました。何故私をお二人にご紹介くださらなかったのでしょう。おかげで挨拶もできない不調法者と思われたやもしれません」

言っているうちにどんどん感情が募ってきた。吉祥は困ったような表情でこちらを見ている。何か言い返してくれればいいのに。

「聞いておられますか、吉祥様」

「聞いている」

吉祥は神妙に頷いた。

「怒った顔も可愛らしいものだと」

「────」

紫蘭は絶句する。吉祥は真顔でそんなことを言うので、どうやらからかっているわけでもないようだった。

「兄に紹介しなかったのは……お前を見せたくなかったからだ」

「浅沙様の前に出すには、恥ずかしいと……?」

「違う。お前は美しいから、兄の目に止まったらどうしようかと」

「浅沙様には月下様がいらっしゃいます」

「お前は兄のことをよく知らない。俺の手前そうそう手を出す真似はしないだろうが、何かに利用される可能性はある」

確かに、浅沙はどこか食えない感じのする男だった。

「だがお前の言う通り、確かにそれはあまりよくなかったかもしれん。俺から兄に詫《わ》びておこう。すまなかったな」

「いえ……」

こんなに素直に謝られると、紫蘭はそれ以上何も言えなくなる。

「それから、これまでお前を抱かなかったのは、嫌われたくなかったからだ」

吉祥の言葉に、紫蘭は瞠目《どうもく》した。

「俺はどうも共寝の相手を抱き潰《つぶ》してしまうらしい。以前の二人の妻とは国が決めた結婚だった。そこには俺の意思は介在しなかった。だがお前のことは俺自身が選んだ。それ故、まず間違いなく抑えがきかなくなる」

「……乱暴にされるということですか」

「乱暴はしない。優しくする。だがしつこくはなる」

「それなら、問題はないのではないでしょうか」

乱暴にされたり痛いことをされたりするのは遠慮したいが、単にしつこいだけなら大丈夫ではないだろうか。紫蘭は単純にそう思った。

「本当にいいのか」

「結婚したのなら、ちゃんと夫婦になりたいです」

「後悔はしないな」

「しません」

紫蘭はきっぱりと返事をする。吉祥は「わかった」と頷いた。

「では湯浴みをして準備をしてからまた来る。汚れたままではお前を抱けんからな――。お前も用意を整えておけ」

「は、はい」

突然そう宣言された紫蘭は、勢い込んで了承する。

紫蘭は後に、この時の判断を、少しだけ後悔することになるのだった。


いつもより念入りに身体を洗い、白い夜着に身を包んだ紫蘭は、緊張した面持ちで寝台の上に座っていた。

（あんなことを言ってしまったが、大丈夫だろうか）

今思い返すと、ものすごくはしたないことを言ってしまったような気がする。

(吉祥様は、呆《あき》れたりしていないだろうか)

それ意外にも、ひどく生意気な態度をとってしまった。彼は度量の広い男だと思うが、時間が経って思い返してみると、反省しきりだった。

だが、もう引き返せない。

もうすぐ吉祥がやってくるだろう。彼が渡ってくると知ってからの山吹の行動は早かった。湯を沸かし、紫蘭が身体を洗っている間に部屋に香を薫き、真新しい夜着を着せる。洗いざらしの髪は丁寧に梳かれた後は解かれて、紫蘭の背や肩にさらさらと流れていた。

それからどれくらい経った頃だろうか。部屋の扉が静かに開き、吉祥が入ってきた。彼もまた夜着姿で、肩に羽織の袖を通さずにかけている。

「……」

こういう時、どんなことを言ったらいいのかわからない。紫蘭が黙ったまま俯《うつむ》いていると、近づいてきた吉祥に顎《あご》を取られて上を向かされた。

「どうした。大人しいな」

さっきの威勢はどうしたと言いたいのだろう。途方に暮れた紫蘭は耐えられずに目を逸らす。

「……意地悪を言わないでください」

吉祥の、雄の気配が強くなっている。まるで肉食の獣の前に放り出された獲物のように思えた。

吉祥が寝台に腰を下ろし、紫蘭の肩を抱いてくる。そのまま口を塞がれた。

「んん……」

最初から深い口づけ。それは前回までのものと違い、明らかに性的なものだった。紫蘭の歯列をこじ開けてきた肉厚の舌が、敏感な粘膜を舐め上げる。びくん、と腰が跳ねた。

「……っ、～っ」

吉祥の舌が巧みに紫蘭の口の中を犯す。まさか口吸いだけでこんな感覚が湧《わ》き上がるなんて初めて知った。頭の中がぼうっとなって、身体も熱くなってくる。

「うんっ、んっ」

じゅうっ、と舌を捕らえられてしゃぶられ、思わず声が漏れた。腰の奥からはっきりとした快感が込み上げて、その感覚に思わず怯えてしまう。吉祥の腕から逃れようと彼の胸を両手で押し戻そうとした時、ふわりと身体が浮いて寝台の上に組み伏せられてしまった。

「あ、……っ！」

大きな手で顎を掴まれ、口を開けさせられたところでもう一度口づけられる。もはや逃げられないのだ。そう悟った時、紫蘭の身体に甘い戦慄《せんりつ》が走った。

「……少し、舌を出せ」

吉祥の声に、紫蘭は訳もわからずに舌を突き出す。そうすると彼の舌が絡んできて、ぴちゃぴちゃと音を立てた。背中がぞくぞくと震える。

「……ん、あ……っ」

これが行為のほんの始まりだということは理解できる。だがこれからどうなってしまうのだろう。何をされるのだろう。そんな怯えと、そして少しの期待。吉祥と肌を合わせられるということが、単純に嬉しかった。

しゅる、と音がして夜着の帯が解かれる。いよいよ裸を見られる事態に、羞恥が襲ってきた。

「綺麗だ」

そんな声が降ってきて、紫蘭は恐る恐る目を開ける。吉祥が身を起こし、自分の夜着を脱ぎ捨てるところが目に入った。彫刻のごとく鍛えられた筋肉は強さの象徴のように見えて、紫蘭は彼のほうがよっぽど美しいのではと思う。そして今からこの身体に抱かれるのだと思うと、経験のない昂《たか》ぶりが襲ってくるのだ。

(いったいどうしたんだ)

自分の身体の反応がよくわからない。房事《ぼうじ》の時は誰しもそうなるものなのだろうか。

その時、吉祥が紫蘭を抱きしめた。裸の胸と胸が合わさり、その心地よさに紫蘭はため息をつく。人の肌というのはこんなにも気持ちのよいものなのか。

「紫蘭……、お前を貪《むさぼ》ることを許してくれ」

「吉祥、様……」

首筋を啄《ついば》むように口づけられ、くすぐったさに息が漏れる。大きな手が肌を這《は》い回り、感じる場所を掠《かす》める度にぴくぴくと身体が震えた。

「あ、あ」

「こんな肌は初めてだ……。吸いつくようで、心地よい」

胸元に下がってきた唇に胸の突起を含まれた時、びくん、と一際大きく身体が跳ねた。

「ふ、ぅあっ」

そこはこれまでほとんど意識していなかったところなのに、その小さな突起を舌で転がされ、舐められると、えも言われぬ感覚が込み上げてくる。くすぐったいような、泣きたくなるような、我慢のできない刺激だった。

「……っ、あ……っ」

恥ずかしい。堪えようとしても声が漏れる。

「可愛らしい乳首だ」

吉祥は紫蘭が反応を見せる度に、興が乗ったようにそこを嬲《なぶ》った。

「ああ……そんなっ……」

乳暈《にゅううん》にねっとりと舌を這わされたかと思うと、ふいに突起を咥えて吸ってくる。その度に紫蘭は背中を浮かせて喘いだ。もう片方も指先で捕らえられ、転がされたり、あるいは指先でぴんぴんと弾かれたりする。紫蘭のふたつの突起はすっかり膨《ふく》れて、気持ちよさそうに尖《とが》った。

「感じるか」

「ん、ふ…あっ、な、なにか…へ…ん、ですっ……」

刺激されているのは胸だというのに、脚の間のものが勃《た》ち上がり、先端を濡らしている。そんなはしたない肉体の様子を、吉祥は目を細めて見やった。

「敏感で素直な身体だ。今夜からうんと悦《よろこ》ばせてやる」

「んっ、んぅうんっ……」

じゅううっ、と音を立てて乳首を吸われる。胸の先から甘い痺《しび》れが身体中に広がり、全身がひくひくと震えた。そこを責められると駄目になるような感じがする。

さんざん舐めしゃぶられた乳首がぽってりと朱《あか》く腫《は》れてしまうと、吉祥はようやくそこから口を離してくれた。すっかり力の抜けてしまった肢体のあちこちに口づけながら下がっていく。やがて両脚を大きく広げられ、陶然《とうぜん》としていた紫蘭ははっと我に返った。

「や、ま、待っ……て」

今更抗ってももう遅かった。下帯がするすると解かれ、紫蘭の下半身が吉祥の目に晒《さら》される。

すでに兆《きざ》しているそれを見られ、身体が吹き飛んでしまいそうな羞恥に襲われた。

「や……っ、あ…っ！」

内股に手をかけられてぐい、と左右に押さえつけられてしまうと、もう何も隠すものはなくなる。勃ち上がり、浅ましく欲情しているものが吉祥の前に暴かれた。紫蘭はその状況に耐えられず、両腕で自分の顔を覆ってしまう。ごくり、と、彼が喉《のど》を上下する音が伝わってきた。そして次の瞬間、腰から脳天まで痺れるような快感に貫かれる。

「ひ、んあ――――……っ！」

張りつめた肉茎が熱く濡れたものに包み込まれ、強く弱く吸われていた。吉祥が紫蘭のものを口に咥え込んだのだ。ぬるぬると扱《しご》かれる感触に、背筋の震えが止まらない。

「あ、んんっ、あっあっ、ああっ」

感じたことのない快楽がまた更新された。頭の中がかき混ぜられる。腰から下が自分のものじゃないみたいだった。

「……気持ちがいいか」

裏筋を舌先でちろちろとくすぐられながら問われて泣き喘ぐ。意識が沸騰しそうだった。

「あ、ひぃ…っ、あっ、あっ、そ、そこ…ぉっ」

「うん…？　先のほうがたまらないか」

「んあぁぁあ」

特に鋭敏な先端の粘膜にもぴちゃりと舌が押し当てられ、ぐにぐにと動かされるともう駄目だった。紫蘭は力の入らない指先で敷布をかき毟《むし》り、思いきり仰け反っては喉を震わせる。慣れない快楽が体内を駆け巡っていく。刺激が強すぎて苦しい。けれどそれは甘い苦悶《くもん》だった。

「気持ちがいい時は、いいと言ってくれ」

「んうっ、あっ、んん――…っ、そ、んな、吸われた…らっ」

肉茎全体をまたすっぽりと咥えられ、吸引されると、身体の芯が引き抜かれるようだった。

そんな恥ずかしいことは言えるはずがないと思っているのに、口に出すと快感が深まるような気がする。恥ずかしいのが感じるだなんて。

「あっ、い…ぃ、気持ち、いい……っ」

紫蘭は気づけば卑猥《ひわい》な言葉を口走っていた。その度に腰の奥がきゅうきゅうと収縮する。自分の中にこんな感覚が眠っていたなんて。

「いい子だ。……褒美にイかせてやる」

肉茎にねっとりと舌が絡んでくる。脳髄《のうずい》が甘く痺れた。

「ア、は、あぁぁあっ」

吉祥の巧みな舌嬲りに、紫蘭は屈服してしまう。きついほどの快感に目が眩《くら》んだ。身体の中で快感が弾ける。

「ああ――――っ……！　く、う――――……！」

ぢゅうっ…と強く吸われた時、吉祥の口の中で紫蘭は白蜜を弾けさせる。がくがくと痙攣《けいれん》する腰は、彼の両手で摑まれて押さえつけられた。

「あ、あっ……！」

イった。イかされた。

吉祥の口淫によって容易《たやす》く絶頂に追い上げられ、紫蘭ははあはあと息を喘がせる。余韻に肌がじんじんと疼いていた。けれど紫蘭は気を抜くことができない。吉祥の手が紫蘭の双丘を押し開いてきて、最奥の場所を露《あら》わにしたからだった。

「んん、ああっ！」

奥でヒクつく窄《すぼ》まりに舌が押し当てられる。あまりのことに、さすがに紫蘭は足をバタつかせて逃げようとする。だが力が入らない上に、圧倒的に体格差のある吉祥に押さえつけられてはどうにもならない。

「こら、暴れるな」

「な、あ、どうしてそんなところをっ」

「ここを解して柔らかくしないと、俺のものは入らない」

「で、でも…っ、は、ああっ」

吉祥は紫蘭を黙らせるべく、後ろに舌を這わせながらたった今達した肉茎をやんわりと握り込んできた。鋭敏になっているそれを意地悪く刺激され、紫蘭の腰は震えが止まらなくなる。

「あ、やあ……う、あっ、はああっ、……あ――……っ」

紫蘭の後孔は舌で舐められる快楽と前を刺激される快楽とでひっきりなしにヒクつき、少しずつ緩んでいった。ちゅ、ぐちゅ、という卑猥な音が響き、羞恥と興奮に身を捩らせる。

「あっ、あっ、なかにっ、ああっ」

吉祥の舌が後孔の肉環をこじ開け、中に差し入れられた時、ぞくぞくと全身がわななないた。

「ああっ、へん、です、おかしく、なるっ」

「後ろも感じるか？」

「構わんぞ。うんとおかしくなれ」

「んあっ、ひぃぃぃい」

潜り込んできた舌で内壁を犯され、紫蘭は啜《すす》り泣いた。前と後ろ、もうどちらが気持ちいいのかわからない。

「ま、また…っ、イき、そうに……っ」

下腹部から快楽がせり上がってくる。あまりも簡単に達してしまうのが恥ずかしくて我慢しようとしたが無駄だった。

「ああっ、んぁあっ、んくううっ……！、っ」

びゅく、と吉祥の手の中で紫蘭の精が弾ける。指の間から零れたそれは、紫蘭の腹の上を点々と濡らした。

「今夜一晩で何度イくのか……、泣くほどイかせてやろう」

意地悪で卑猥な言葉に、紫蘭はひくひくと身体をわななかせる。吉祥は彼が言った通り、決して乱暴なことはしなかった。だが有無を言わせぬ強引さと執拗《しつよう》な快楽で紫蘭を責め上げる。

まだ前戯の段階だというのに、これから自分はどんな目に遭うのか。それを想像し、紫蘭は身体中を震わせた。


「ん、ぅんっ…、あ、は、ああ…っ！　あーっ、ゆるし…て……っ！」

紫蘭は寝台の上に突っ伏し、自分の長い黒髪ごと敷布を握りしめながらよがっていた。

高く持ち上げられた腰の後ろには吉祥が陣取っていて、その指で紫蘭の中を捏ね回している。

後ろは舌で舐め蕩《とろ》かされてイかされ、次には指を挿《い》れられた。吉祥の節くれ立った長い指で中を慎重にまさぐられ、感じるところを見つけられて丁寧に解される。最初は違和感のほうが大きかったが、吉祥の根気のいい愛撫のおかげか、すぐに感じるようになってしまった。あれから一時間ほどは経っただろうか。今はもう指を二本咥え込んでいる。

「ああっ、んん、うっ、ううぅんっ……！　あ、や、そこっ、そこぉ……っ！」

揃《そろ》えた二本の指の腹が、ある場所をグジュウ…ッ、と押し潰す。そうされると、泣き喚《わめ》きたくなるような快感が込み上げてくるのだ。

「お前の好きな場所はすっかり覚えたぞ。そら、こうして可愛がってやろう」

そのまま小刻みに指の腹で刺激される。紫蘭はもはや我慢できず、はしたない声で喘いだ。

「んあっ、ああぁぁあっ、ぅんっ、くうぅうんっ」

上げられた腰ががくがくと揺れる。前方の肉茎も吉祥の手に握られ、ずっと緩い刺激を与えられていた。先端から愛液がとめどなく溢《あふ》れて彼の指を濡らし、敷布に滴《したた》っている。

紫蘭はこの状態でもう三度達していた。腹の中が熱い。熱くてたまらない。

「も、もうっ、もう、堪忍して、くださ……っ」

「そうだな。もうだいぶ中が蕩けてきた。だが、もっと気持ちよくなれるだろう」

こちゅこちゅと弱いところを虐められる。耐えられない快感に、紫蘭はかぶりを振って悶《もだ》えた。

口の端から唾液が零れる。

「ひぁぁんっ、あっイくっ、また、イくうう……っ！」

　腰の奥で広がる愉悦に、紫蘭はまた気をやった。吉祥の指をきつく締めつけ、全身をぶるぶると震わせる。

「あっ、はっ…、ひぃ……っ」

　もう身体を支えていられない。身体が敷布に沈み込むと、後ろから吉祥の指もずるりと抜けた。

「いい子だ。よく覚えたな」

　顔に乱れかかる髪を、指先がかき上げてゆく。どうにか振り向いた紫蘭の唇を、彼の唇が優しく吸った。

「ん、ううん……っ」

「お前の中に這入りたい。いいか紫蘭」

「は、は、い……っ」

　ようやっと挿れてもらえる。指と舌で肉洞をさんざん感じさせられた紫蘭の肉体は、彼自身を欲していた。もうすぐひとつになれる。繋《つな》がることができる。

　だがふと目にした吉祥のそれに、紫蘭は思わず瞠目してしまった。

　大きさや太さもさることながら、重たげな質感のそれは雄々《おお》しく天を仰いでいる。幹には血管が幾筋も浮かび上がっていた。先端はまさしく凶器のような形状をしていて、その偉容はいかにも彼にふさわしい持ち物だった。

（あんなものが、私の中に）

「心配するな。痛くしない」

吉祥は紫蘭が怯えたのだと思ったらしく、安心させるように頭を撫でる。

そうだ。確かに紫蘭は怯えていた。だがその中には、渇望《かつぼう》も混ざってはいなかっただろうか。

「最初は後ろからが楽らしい」

吉祥はそう言って、紫蘭の腹の下にいくつも枕を詰め込んだ。そのせいで自然とまた彼の前で腰を上げる格好になってしまう。そして双丘を押し開かれ、最奥の窄まりが露わになる。そこはまだひくひくと蠢いていた。

「あ……っ」

「挿れるぞ」

先ほど目にした凶器のような男根が入り口に押しつけられる。それはぬぐ、と肉環をこじ開け、とうとう中に侵入してきた。

「うあ、ア、あ、ああぁ……っ」

ぞわっ、と全身が総毛立つ。指とは比べものにならない質量と熱が紫蘭を犯してきた。彼は焦らずにゆっくりと腰を進めてくる。そのせいで、吉祥のものの感触をじっくり、嫌というほど味わわされることになった。

「は…っ、あっ、あう…うう……っ」

身体中が火照り、じっとりと汗ばむ。彼が奥に進んでくる毎に、びくん、びくんと小さく跳ねた。

「……どうした。苦しいか」

「ち、ち…が……っ」

紫蘭は必死で首を振る。この身体が感じているのは、紛れもない快感だった。初めてなのに。

吉祥のものを受け入れて、今にも達してしまいそうな悦楽を得ている。

「き…ちじょう、さま…っ、あ、んっ」

「紫蘭……。中が蕩けそうだ」

吉祥が紫蘭の背中にいくつも唇を落としながら囁《ささや》く。そんなささいな愛撫にも感じて仕方がなかった。はやく。早く奥まで欲しい。

「ああ、あああ……っ」

「待て、動くな……。少し我慢しろ」

耐えられずに身をくねらせる紫蘭を吉祥は押さえつけた。すると互いの呼吸がぴったりと合ってしまい、吉祥の男根の大半が紫蘭の肉洞に嵌まり込んでしまう。彼の張り出した部分が、ごりいっ、と感じる粘膜を抉《えぐ》っていった。

「――――～～～っ」

紫蘭の頭の中が真っ白に染まる。声にならない声が上がり、全身が小刻みに震えた。体内に深く潜り込んだ吉祥のものが強く締めつけられる。

「っ、紫蘭…っ？」

「あ、ふあ…っあ……っ！」

その反応に、彼も気づいたようだった。

紫蘭は挿入の刺激だけで達してしまった。まるで男に抱かれることに慣れた淫乱な肉体のようだった。だが、間違いなく紫蘭は清童であった。つまり初めてであるにも関わらず、淫婦のように感じてしまったということになる。

「あ、あ…っ、ご、ごめん、なさい……っ」

自分のはしたなさに取り乱し、彼の下から這い出ようとするが、すぐに引き戻されて軽く突き上げられた。

「あううんっ」

「ああ、謝るな……。お前はとんでもないな。俺も、こんなのは初めてだ……。可愛いな、お前は本当に可愛い」

吉祥は感に堪《た》えない、といったように囁き、ゆっくりと腰を使い始める。イったばかりの内壁を擦られた紫蘭は、喉を反らして喘いだ。

「……き、気持ち、いい……っ」

言われた通り、快楽を素直に口に出す。吉祥の動きが興奮したように大きくなった。結合している場所がちゅぐちゅぐと卑猥な音を響かせる。

「よしよし。お前の好きなところをたくさん抉ってやろう」

「あ、だめ、ですっ、そんなこと、したらっ……！　んうっ、んううっ！　あああ――っ」

さっきイかされた場所をぐりぐりと引っ掻かれてしまい、嬌声《きょうせい》が上がった。啼泣《ていきゅう》しながら、また達してしまいそうなのを堪える。

「どうした。イくのを我慢しているのか…？　遠慮は無用だ。ここが気持ちいいのだろう？」

「～～～っ！　あっあっあっ！」

その場所を執拗に虐められ、全身にぶわっ、と快楽が広がった。爪先にまで甘い毒のような痺れが走る。

「い、く、くあぁあ…っ！　ふぁあ――…っ！」

強烈な絶頂が紫蘭を襲った。達すると一瞬息が止まって動けなくなる。すると背後から突然両腕を摑まれ、上体が浮いた。

「な、あ、ああっ…！　こん、な…っ！」

「すまん……！　抑えられない……っ」

ひどく不安定な体勢で突き上げられて、不安定な上体が揺れる。ぱちゅん、ぱちゅんと肉を打つ音がその場に響いた。

「ひっ、ああっ、あううっ、や、ア、イった、ばかり……っ！」

もはや苦痛など感じなかった。達したばかりの肉洞を擦られ、長い髪を宙に散らしながら紫蘭が喘ぐ。だが、彼が達する気配は微塵《みじん》も感じられなかった。

「んん、あっ、ま、まだっ……？」

「ああ…、悪いな、俺はどうも、遅くてな……っ」

そんな、と紫蘭は瞠目する。それでは彼が果てるまで、自分は何度極めなければならないのだろう。

「……心配するな。いつもよりは早く終われそうだ」

どちゅ、どちゅ、と内奥を突かれる度に脳天まで快感が突き抜けた。紫蘭はもうわけがわからなくなり、自分がどんな言葉を発しているのかも意識できなくなる。そして果てしないかと思われたまぐわいの果てに、吉祥がやっと紫蘭の中に白濁を吐き出してくれた。

泥のような眠りから意識がゆっくりと浮上する。誰かの優しい手が頭を撫でていた。その感触が心地よくて、ついその手に頬を寄せてしまう。髪を耳にかけられて、くすぐったさに甘い息をついた。

「んん――」

「目が覚めたか？」

紫蘭は寝台に裸で横たわっていた。その隣には、吉祥が同じく裸で寝そべっている。

「あ――」

一瞬自分の置かれた状況がわからなかった紫蘭だったが、次の瞬間、すべて思い出した。自分は昨夜夫である吉祥に初めて抱かれたのだ。

「初めてなのに無理をさせたか。悪かった」

彼は紫蘭の目元に残る涙の跡にそっと触れる。いてもたってもいられなくなった紫蘭は、自分の両手で顔を覆い、彼の視線から逃れるように身体を丸めた。

「紫蘭？」

「……申し訳ありません」

あのような醜態はあり得ない。正気に戻った紫蘭にとって、昨夜の自分は耐えがたいものだった。性愛などわからないと嘯《うそぶ》いていた自分はどこへ行ったのか。紫蘭は吉祥に抱かれ、感じて感じて、初めてだというのに彼のものを咥《くわ》え込んで何度も達したのだ。

「何を謝っている」

「昨夜の……昨夜の私は最悪でした。品性などどこにもなかった」

これでは吉祥に嫌われ、呆れられてしまう。肉体は気怠《けだる》さを感じるほど深い満足を得ていたが、心の中は暴風雨に等しい。

「そのことだが」

彼が神妙な口調で告げたので、紫蘭は思わず身体を強張らせる。

「俺達は非常に相性がいいと思わぬか」

「……え」

思いがけない言葉に恐る恐る吉祥を見上げると、彼の目は笑っているように見えた。

「あんなに素晴らしい夜は初めてだった。お前も、悦んでくれたように思ったのだが」

「わ、私は……」

「昨夜のお前は、可愛いといったらなかったぞ」

彼の甘い睦言《むつごと》に酔ってしまいそうになる。

「……はしたないとお思いではないのですか」

やっとの事で絞り出した声だった。だが彼は不思議そうに答える。

「もしお前が抱かれている時に慎みを保ったままだったら、俺の手管《てくだ》が下手だということにならないか」

「――――」

紫蘭は何も言い返せなかった。抱き込まれ、大きな手に頰を包まれて顔を寄せられる。

「あんなに達してくれたのは、悦《よ》かったということだろう？」

「う……、は、い」

思わず素直に答えてしまった。確かに、それはもう気持ちよかったのだ。あんな感覚がこの世にあるのかと思うほどに。

「お前を『芍薬』に戻しはせぬ」

腰を抱いた腕にぐっ、と力が込められる。互いの身体が密着した。もう陽が昇っているというのに昨夜のことが生々しく甦《よみがえ》ってきて、思わず頰を朱に染めた。

「昼となく夜となく、お前を愛そう」

そう言って微笑む吉祥の顔は、相変わらず強面だったけれども、優しかった。

四年前、吉祥が二十六歳の時だった。

「国に帰りとうございます」

二人目の妻は手巾《ハンカチ》を目元に押し当て、さめざめと泣きながらそう告げた。

彼女はとある小国の王女だった。一人目の妻に逃げられ、一年ほど独身で過ごしていたのだが、適当な相手を見つけたからと兄に言われて結婚したのが今の妻だった。

「何か不満があるのか」

またか、という思いと共に、吉祥は訳を問いただした。

「……わたくしも王族。結婚など、自分の意思でできるとは思ってはおりませんでした。けれど、夫の気持ちがまるでここになければ、結婚生活を送っていけません」

「どういう意味だ」

「自覚がないとおっしゃるのですか。気に入った方がおられるのでしたら側女《そばめ》にすればよろしいのに、それもなさらない。なのにその代わりのように褥《しとね》で欲をぶつけられては、わたくしも自分自身があまりにも哀れだと思ったのです」

「――――」

吉祥は反論しなかった。いや、できなかったのだろうか。彼女の言うように、自分の中には確かに特別な存在がいた。それを初めて見かけたのは二年前。ちょうど、一度目の結婚をした時だった。そしてその時の妻にも、同じような理由で離縁を切り出された。

側女になどできようがない。何しろあれは、神のものだ。誰にも触れられてはいけない存在なのだ。

「――――ほら、今も、その方のことを思っていらっしゃる」

彼女は憎々しげにそう言った。

「すまん」

吉祥はそう言うしかない。彼女の言うことはまったく正しかったからだ。だが自分のその声も、ひどく空々しく聞こえた。


彼女は話すだけ話すと部屋を出ていってしまった。おそらくもう間もなく、この王宮からも出ていくことだろう。

結婚生活が駄目になったというのに、吉祥の心は驚くほどに平静だった。

――俺はおそらく、とんでもない冷血漢なのだろうな。

さすがに二回目の結婚も失敗となると、兄も次の相手をあてがうのは諦めるだろう。いくら王の弟という立場であっても、普通の親であれば二度も相手に逃げられた男に娘を嫁がせたいとは思わない。

吉祥はその足で出向くところがあった。この王宮の敷地内にある、祭祀を取り仕切る部署、『芍薬』だ。ここは国の安寧を祈るために様々な儀式が行われている。月に一度、神子が舞いを奉納する日があり、今日はそれに当たる。吉祥は二年ほど前から、いつしかその儀式を見に行くようになっていた。

「吉祥様。本日もお目見えありがとうございます」

入り口で出会う神官に軽く黙礼を返す。

「今日も、近くでご覧にならなくてよろしいので……」

「ああ。舞い手の集中を乱したくない」

吉祥はいつも、演舞台からは見えない場所で舞いを見ていた。

(最初に見た時もここからだったな)

演舞台は『芍薬』の建物の中庭に建てられている。周りを取り囲む建物の一角に立ち、吉祥は舞い手が現れるのを待った。

（あの時は、ほんの偶然だった）

二年前、吉祥はひどい戦を経験した。

相手がなかなか降伏しなかったので、味方の損害は甚大だった。吉祥はもちろん生き残ったが、消耗戦となり、信頼している部下が何人も死んだ。敵が退かないのであれば、大将の首を獲るしかない。だが敵の指揮官は『絶対に戦線を退くな』と言い残して逃げ回り、雲隠れをしてしまった。夜を徹して大将を捜し回り、三日後にようやっと討ち取ったものの、敵も味方も屍《しかばね》の山を築いてしまった。

国に帰ると、鎮魂の儀が行われることになった。だが吉祥はそんなものに意味を見いだすことはできなかった。これは兄の人気取りであるとわかっていたからだ。

死んだ奴は手厚く弔《とむら》って欲しい。だが俺がその場に行ってどうする。その儀式は、死んだ奴らのものだ。

だがどうしても出席しろと兄の浅沙に言われ、吉祥は芍薬殿までやってきた。だが参列する気になれず、芍薬殿の一室から儀式を見下ろす。折しもその時は雨で、演舞台も雨に濡れていた。

神職達は傘を差し向けられながら祝詞《のりと》を唱えた。兄の浅沙も、死んだ兵を称える弔辞を涙ながらに説く。この後は舞いが舞われる予定らしい。だがこの雨では中止だろう。

そう思った時だった。

一人の神子が、建物から演舞台に歩いてくるのが見える。傘も差していないので、神子はたちまち雨に濡れた。

――舞うのか？

神子は鈴のついた榊《さかき》を手にしている。裸足の足首にもつけられた鈴が、歩く度に微かな音を立てた。

美しい神子だった。芍薬の神子は全員男だから、彼もそうなのだろう。黒髪が雨を含んで、流れるような艶を放つ。

神子が舞台に上がると、楽の音が響く。悲しげな旋律があたりに響いた。

神子の手がついと榊を上げる。水滴が跳ね、しゃん、と鈴の音が小さく響いた。自分を濡らす雨など気にもかけずに神子は舞った。それは死んだ兵士の魂を慰め、天へと導く舞いだ。

「――――？」

引き込まれるように見入っていた吉祥は、その時何かに気づく。

降りしきる雨に濡れる花のかんばせ。その目元に、雨粒とは違う水滴が流れていた。

泣いている。

神子は舞いながら涙を零していた。

戦で散った命のために、自らの身体を雨に濡らしながら、その魂を悼《いた》むように。

その瞬間に吉祥の心は、吉祥のものではなくなった。


あれからずっとここで神子の舞いを見ている。後から名を紫蘭というのだと知った。その名にふさわしい、深い紫の瞳をしている。

自分の存在を明かそうとは思わない。こんな男に懸想《けそう》されても迷惑だろう。いっそ怖がらせるだけだ。ただ、その姿を見ているだけで満足だった。

あの日と同じように、演舞台に紫蘭が佇《たたず》む。楽と鈴の音を纏い、彼が舞う。二年前よりも、紫蘭の舞いは情感豊かに、艶やかさを増していた。それを食い入るように目で追いながら、吉祥は自分の中の感情をもはっきりと自覚している。

——俺はあの神子に欲を抱いているのだ。

死んだ兵士のために涙を流す彼の優しさに心を奪われながらも、見つめているうちに獣のような欲が生まれていった。

もしも彼を娶ることができたのなら、きっと誰よりも優しく扱う。何不自由ない暮らしをさせ、真綿にくるむように愛する。

――そして閨で彼を抱き、あの身体に快楽を叩き込み、何度も何度も己のもので穿《うが》ちたい。

その時彼は、どんな顔で、声で鳴くのだろう。

「――っ」

まただ。最近は、彼を見ているとそんなどす黒い思いばかりに捕らわれてしまう。優しくしたいのも本当なのに。

（だが駄目だ。神のものである神子を汚すことはできない）

もしも今無理やり手籠《てご》めにしてしまったなら、彼はきっと神子の資格を失ったことを嘆き悲しむだろう。神子は清童でなければならない。吉祥は、彼を傷つけたいわけではないのだ。

二番目の妻だった彼女の言ったことは正しい。吉祥はその募る許されない欲を、ただ彼女達にぶつけた。獣のような吐き出すだけの熱だ。こんな最低な男を、彼が慕ってくれるはずもない。

――だが、吉祥はある日、知らせを聞いたのだ。

神子は二十歳になると役目を解かれる。そして、彼がもうすぐその年齢に達するということも。

神子として優秀であっただろう彼は、もしかすると神職として『芍薬』に残ることになるかもしれない。

しかし、吉祥はそれ以上耐えられなかった。

神子でなくなれば、誰かと彼が愛し合うかもしれない。自分以外の人間と。

そして彼を手に入れることができる好機を見過ごすことは、吉祥にはどうしてもできなかったのだ。

その結果吉祥は、とうとう彼を手中に収めることができた。

だが、もしかして彼も自分の元から逃げ出してしまうやもしれない。そんな不安が込み上げてくる。

(そんなことになったら耐えられないだろう)

二人の妻だった者達には持ち得なかった激しい執着めいた思い。

(それを防ぐには)

吉祥はそれを実行することを決めたのだった。

「――吉祥様。それではこちらががら空きですよ」

「ああ、そうか。では、こう動くとしよう」

「うわ、それは考えていませんでした」

盤を挟んで二人は駒遊びに興じていた。それぞれ特色のある駒を動かし、一番重要な駒を取れば勝ちという遊びだ。

「紫蘭はなかなか強いな」

「『芍薬』でよく興じていたのです。私が一番強かったのですよ」

この駒遊びには自信があった。何しろ『芍薬』では、紫蘭に勝てる者は誰もいなかったのだから。

だが、見るからに武闘派だと思われる吉祥は、思いのほか手強かった。慎重に攻めていく紫蘭に対し、彼は大胆で迷いがない。

「――紫蘭、賭けをしないか」

「はい？」

ふいに吉祥がそんなことを言い出して、紫蘭は盤から目線を上げた。

「この勝負に負けたら、勝ったほうの言うことをなんでもひとつ聞くんだ」

「え」

間の抜けた声を返して、紫蘭はきょとんとした顔で吉祥を見る。彼は珍しく、どこか悪戯《いたずら》な表情を浮かべていた。

最近は彼の強面にも慣れてきて、怖いと思うことはなくなった。よくよく見ていると、吉祥は紫蘭には様々な顔を見せてくれる。それはおそらく、身体の深いところまで繋がってしまったからだろう。あれ以来、彼の紫蘭に対する態度に甘さが増した。

「勝負ですか。でも」

「『芍薬』で一番強かったのだろう？　それとも俺には勝てないか？」

彼の口の端がにやりと上がる。挑発するような言葉に、紫蘭の負けん気がちくりと刺激された。

「わかりました。では私が勝ったら、『西国百夜物語《さいごくひやくやものがたり》』の全集を買っていただきます」

外国から伝わってきたその書物は大層おもしろいのだという。書庫にもなかったので、いつかそれを読んでみたいと思っていたのだ。

「承った」

吉祥の言葉に、紫蘭は盤上を睨《にら》んだ。ここはなんとしても勝たねばならない。

「――参りました」

だがその一刻後、紫蘭は盤の前で肩を落としていた。完敗である。勝負事になったせいか、吉祥はとにかく強かった。勝機というものをよく知っているからだろうか。さすがは名高い武人であるということかもしれない。

「そう気を落とすな。なかなか手強かったぞ」

「勝った方におっしゃられても嬉しくありません」

「紫蘭はなかなか負けず嫌いだ」

吉祥がくっくっとおかしそうに笑う。彼のそんな表情を見ると、まあいいかという気持ちになる。『西方百夜物語』は惜しかったが、そのうち読める機会があるかもしれない。

「――それで、私は何をすればいいのですか？」

負けたほうは言うことを聞く決まりだ。いったい何をさせられるのだろうと首を傾げる。

「掃除も洗濯も、『芍薬』でやってきました。大抵のことはできます」

「ん？」

紫蘭の言葉に、吉祥ははて、という顔をした。

「ああ、そういうことではない」

彼は立ち上がり、机を回って紫蘭が座っている長椅子に腰を下ろす。

「吉祥さま……？」

彼は紫蘭を抱き寄せると、唇を重ねてきた。何度か啄むように唇を愛おしみ、深く口づけては舌を差し入れる。

「んんっ」

紫蘭は甘い呻《うめ》きを漏らした。口づけは何度もしているが、敏感な口の中を舐め上げられると頭の芯がぼうっとなる。上顎の裏を舌先で撫でられた時、びくん、と上体が震えた。

（ああ、また……）

こんなふうに口を吸われると、腰の奥に火が灯って、内股をもじもじと震わせてしまう。吉祥に抱かれてから、紫蘭はひどく淫《みだ》らになった。あれから彼によって与えられる快楽は、紫蘭の身体をどんどん変えていった。いや、肉体だけでなく、心のほうも淫猥《いんわい》に染まっていっているのかもしれない。

「紫蘭」

「あ……」

口を離され、耳元で彼が囁く。そうされるとぞくりと背中が震えた。

「今からお前を抱くから、感じたままに正直に言葉に出してみろ」

「え……えっ？」

想像もしていなかった要求に、思わず瞠目する。

「そ、それは、どういう……？」

「たとえば、だ」

両の身八《みや》つ口《くち》から、吉祥の手が忍び込んできた。それは巧みに紫蘭の胸元をまさぐると、胸の突起を探し当てる。

「ああっ」

突然乳首を摘まれ、擦られて、甘い声が漏れてしまった。吉祥に触れられると、紫蘭はもう動けない。身体の力は砂が流れるように抜けてしまうのだ。後ろから抱き込まれるようにして、彼の指先で敏感な突起を転がされる。

「あ、んっ……、く、ふ、う」

紫蘭のそこは日を追う毎に特に感じやすくなっていて、今はほんの少しの愛撫にも耐えられなくなっていた。

「こうされると、どうだ？」

「や、あ…ん…っ、そんなっ……」

彼は紫蘭に卑猥な言葉を言わせようとしているのだ。そんなことできない、とかぶりを振るが、固く尖ってしまったそれをくすぐられて上体を反らす。

「あっ！　あっ！」

「紫蘭」

まるで睦言のように名を呼ばれる。この名前をこんな甘く優しく呼んでくれた人は他にいなかった。

「気持ちがいいか？」

誘導され、こくりと頷く。舌先で自分の唇をゆっくりと舐めた。

「き…気持ち、いいです……、そこ、すごく敏感に、なってて っ……」

くりくりと摘ままれる度、乳首から快感が身体中に広がっていった。刺激されているのは胸なのに、どうしてなのか脚の間にまで刺激が伝わるのだ。

「では、今日はまず乳首でイってみるか」

「え、や…あぁあ……っ！」

爪の先でかりかりと引っ掻くように虐められ、紫蘭は思わず身を捩る。先日はとうとう、ここだけでイけるようになってしまった。吉祥はそれを大層喜び、度々紫蘭を乳首イキさせる。

だが、この場所で達すると身体中が物凄く切なくなってしまい、その後の行為で我を忘れやすくなってしまうので苦手なのだ。しかし濃密な愛撫に晒され続けた身体は、彼がもたらす快感を易々と受け入れてしまう。

「ん、う、ううんっ…、あ、は、そ、そんなに……っ」

紫蘭はもう為《な》す術《すべ》もなく、吉祥の肩に後頭部を乗せ、びくびくと身体をわななかせているしかなかった。やがて、不規則に腰が痙攣してくる。下帯の中で肉茎が勃ち上がり、先端をしとどに濡らしているのがわかった。

「可愛い紫蘭……。今日もうんと気持ちよくしてやろう。絶頂が止まらなくなるほどに」

「ひ、あんぁっ！」

指先で乳首を何度も強く弾かれる。強い刺激に、腰の奥で大きな波がせり上がった。

「あ、い、いく、もう、イくっ……！」

「どこでイくんだ？」

最後の追い込みをかけんばかりに、くにくにと乳首を押し潰すようにされる。その瞬間、腰の奥からぐあっ、と快楽が込み上げてきた。

「ああ、はあぁっ…！　ん、あ、ち、乳首っ、乳首、で、イきます……っ！　んあ、あぁああ」

淫らすぎる声を上げ、紫蘭は大きく仰け反った肢体を硬直させた。こんな明るい昼間から、明るい部屋で。

「いい子だ……。よくできたな」

吉祥の指は達したばかりの紫蘭の乳首を宥《なだ》めるように優しく撫でていた。その感触すらも、感じてたまらない。

「あ、あっ、あっ……」

「下を濡らしてしまったか？」

ようやっと身八つ口から手を抜かれ、袴の帯を解かれる。今更のように羞恥が襲ってきたが、すっかり力が抜けてしまった身体はどうにもならなかった。

「駄目、です…、見ないで、くださ…っ」

下帯を取り去られ、両膝を開かれる。そこは彼の言う通り、放った白蜜で卑猥に濡れていた。

「もっと脚を広げるんだ」

「あ、あ……っ」

長椅子の上に着物が乱れて広がった。その中には、彼が贈ってくれた紫色の羽織もある。纏っていたものははらはらと肩から落ちて、紅潮した肌が露わになった。

「は…、恥ずかしい、です……っ」

「いつまでも羞恥を失わない。そういうところも愛おしい」

吉祥が長椅子から下りて、紫蘭の正面で床に膝をつく。彼がそんな動きをしているということに驚いた。

「さあ、俺に舐めさせろ」

「んあっ、くうぅんっ……！」

濡れた肉茎にぴちゃりと舌を這わされる。放った残滓《ざんし》を舐められて、下半身が熔けるような快楽が走った。両の膝頭ががくがくと震える。舌のぬめぬめとした感触が肉茎をくすぐり、すぐに我慢できなくなった。

「あ、あぁぁ…っ、し、痺れるっ……」

脚の間に埋まる吉祥の赤銅色の髪に指を絡めながら喘ぐ。そのますっぽりと口の中に咥えられてしまった時は、泣くような声を漏らしてしまった。吉祥はいつも紫蘭のものを口淫し、たっぷりとしゃぶる。そして腰が抜けるほどイかされ、泣くほど感じさせられるのだ。

「俺にもお前の蜜をくれ」

「あっあっ、そこっ、ぐりぐり、しな…で…っ！」

舌先で先端の割れ目を穿《ほじ》られ、強烈な快感に脳をかき回される。だが、しないでくれと言われてやめてくれるほど吉祥は甘くはない。普段はひどく優しいのに、房事となると意地悪になるのだ。

「あっ、んあぁぁっ、そこだめ——…っ！」

蜜口である小さな孔に舌先を突っ込まれてひいひいと泣き喘ぐ。

「そ、こっ、感じすぎる、からっ……！」

「これは嫌なのか？」

顔を上げた吉祥に、こくこくと頷いた。

「それなら、こうだ」

「あ、は、あんんんっ……」

口淫され、狂おしげに張りつめた肉茎が吸われ、ゆっくりと舌が絡んでくる。その包まれるような快感に口の端から唾液が零れた。快楽のあまり、内股がひっきりなしに痙攣する。

「あ、は……っ、いい、きもち、い……っ」

身体中がじんじんと脈打っている。じゅっ、じゅるっ、と音を立てて吸われる度に、紫蘭は嬌声を漏らした。身体の芯が引き抜かれそうな快感に髪を振り乱す。

「ふあ、あ…っ、あっイくっ……、出ますっ…！」

そう口走ると、吉祥が促すように強く吸ってきた。紫蘭は啼泣しながら腰をせり上げ、最後の階段を駆け上がる。

「あっ、――――っ！　ふあああああ…っ！」

吉祥の口の中で二度目の精が弾けた。彼はそれをためらいもなく飲み下す。そうして残りを搾《しぼ》るように根元から指で扱き上げられ、紫蘭は最後の一滴まで出させられた。

「は、は……っ」

「紫蘭」

荒い呼吸を整えている紫蘭に、口元を手で拭いながら吉祥が告げる。

「この奥を、自分で開いてくれないか」

「……っ」

あまりに恥ずかしすぎる指示に絶句してしまう。けれど、どこかでそれを悦び、興奮する紫蘭がいた。彼の前で膝を持ち上げ、震えながらゆっくりと膝を開いていく。そして双丘を自ら押し開き、窄まりを露わにさせるのだ。そこはいやらしく息づいて、まるで男を誘っているようだった。

「いい子だ」

吉祥はゆっくりとそこに顔を近づける。そして舌を伸ばし、唾液と紫蘭の蜜を乗せた舌で、ゆっくりと舐め上げる。

「う、んうぅ……っ」

ぞわり、と身体に震えが走った。ぞく、ぞくと続くそれは、紫蘭の背筋をじわじわと這い上っていく。

「は、ぁ……んんっ、あ……っ」

ぴちゃ、くちゅ、と音がすると共に、後孔がひくひくとわななく。内壁がじんじんと疼き、下腹が熱くうねった。今からここに、彼を受け入れる。そう思うだけでたった今達したばかりの肉茎がまた兆してくる。

「ああ……っ」

肉環をこじ開けて入ってきた舌に唾液を流し込まれ、入り口のあたりがじんじんと快楽を訴えた。

「う、疼、く、まえも、うしろも……っ」

彼のものを挿入された時のあの快感を知ってしまった身としては、今のように入り口だけを刺激されるはひどくつらい。それなのに肉環の縁だけをちろちろと舐められ、たまらなかった。

「ふふ、またこんなに濡らして」

「ふああっ」

すっかり勃ち上がった肉茎をつつうっと指先で撫で上げられる。ふいの刺激に悲鳴じみた声が漏れて、それがきっかけで慎みを失ってしまう。

「あっ、もうっ、もう、虐めないで……っ、く、くださ、いっ……！」

「とんでもない。俺は可愛がっているつもりだ。お前のことが可愛くて可愛くて……。隅々まで舐め尽くして、喰らってしまいたくなる」

吉祥は前を寛《くつろ》げ、己の凶器を引きずり出した。それを目にして、紫蘭は震えが止まらなくなる。

怖いのではない。これは期待だ。

「ああ……、吉祥様」

長椅子の上で抱え上げられ、両腕を彼の首に回す。後孔に男根の先端が押しつけられて喘いだ。ぐぐっ、と肉環がこじ開けられ、彼のものが這入ってくる。その瞬間、ぞくぞくぞくっ、と波が走った。

「んあっ…、ああ――――……！」

ずぶずぶと音を立てながら挿入されるそれに耐えられず、紫蘭は達してしまった。

「ああっ…！　ああっ…！」

咥え込む男根を強く締めつけると、彼の形がよくわかってしまう。ひどく凶悪な姿をしたもの。それが紫蘭を屈服させる。

「……また、挿れただけでイってしまったのか？」

「あ、ア、だって…、気持ちいっ……」

吉祥が挿入したままでなかなか動いてくれないので、たまらずに腰を揺らしてしまう。

「お前は本当に俺を煽《あお》るのがうまい」

紫蘭は長椅子の背もたれに押さえつけられた。吉祥がゆっくりと腰を使い出すと、内壁がごつごつした男根に擦られる。

「んあっ…、あ……っ！　〜〜〜っ」

脳髄が痺れるようだった。吉祥に揺らされて紫蘭は絶え絶えに喘ぐ。彼の長大なもので肉洞の中をじっくりとわからせるようにかき回され、先端で奥を捏ねられた。

「あ、ひ、……っんあっ、あう、んんう〜っ」

これを挿れられると、もう駄目になる。ぐつぐつと煮えたぎる腹の中をじゅぷじゅぷと音を立てて抜き差しされ、足の爪先まで痺れきった。

「い、ぃ…い、すごい、いい…っ、あっあっ、熔け、そう…っ」

「ああ、そうだな。俺も熔けそうだ」

吉祥の張り出した部分で感じるところをごりごりと虐められると、どうしていいかわからないほどに気持ちがよくなる。けれど彼はなかなかイってくれないから、紫蘭だけが何度も何度もイかされることになるのだ。

「お前はこれが好きだったな」

吉祥によって開発された奥の部分を、先端が小刻みに叩く。そうされると全身が燃え上がるようだった。

「ひぃ、ああ…っ！　んん、くううんっ……！　く、ア――――…！」

上体を仰け反らせ、頭を長椅子の背から放り出すようにして絶頂を迎えた。互いの腹の間で押し潰されていた紫蘭のものが白蜜を噴き上げる。その瞬間に体内のものを強く締めつけると、彼は心地よさそうにため息をついた。

「い、イって…るうっ、まだ、イってるからっ……、そこ、当てないで…っ！」

達している最中も許されずに責められると、感じすぎてつらくなる。快楽もすぎれば苦しくなるのだと紫蘭は初めて知った。だがその苦悶は甘さを孕んでいる。

吉祥がその奥に入りたがっていることを薄々感じていた。ここをこじ開けられたら、いったいどうなってしまうのだろう。

「ああ……、ん、む……っ」

喘ぐ濡れた唇を捕らえられ、舌根が痛むほどに吸われる。その度に紫蘭の中は彼をきゅうきゅうと締めつけてしまうのだ。

「……紫蘭、少し緩めろ。動けん」

「や、む、むり、です、できな……っ」

紫蘭とて意識して締めつけているわけではない。身体が勝手にそうなってしまうのだ。

「……仕方のない奴だ」

低く笑うような声が耳元で聞こえる。その響きはどこか嬉しそうだった。そして両手で腰骨を摑まれ、絡みつく内壁を振り切るような抽挿が始まる。

「んひぃっ！　あっあっあっ、それっ、ああっ…！　ま、また、いくうう……っ！」

腰を痙攣させ、あられもない声を上げながら、紫蘭はまた極めた。今度は吉祥が少し動きを緩やかにしてくれたものの、ゆるゆると中を刺激し続けている。そしてその快感に、紫蘭は啼泣してしまうのだ。

「ふ、あ……っ、きもち、いい……っ」

「これが好きか……？」

「あ…っ、すき、いっぱい……、ずんずんされるの、すき……っ」

もう理性もぐずぐずに崩れてしまって、幼い口調になって卑猥な言葉を垂れ流す。ここに来てからまだ半年も経っていないというのに、紫蘭はもうそんなふうに卑猥に、淫蕩になってしまった。彼に愛し尽くされたからだ。

「そうか。好きならいっぱいしてやろうな」

「あっ！　ま、またぐちゅぐちゅって……、んん、吉祥様の…、おっきい…っ、すごい……っ！」

次第に吉祥の律動が速くなってくるにつれ、紫蘭の快感も大きくなる。自ら腰を振り立てながらも何度もイき果てた。そしてとうとう吉祥が短く呻き、紫蘭の中に灼熱《しやくねつ》の精を叩きつける。

「あひ、あ――――っ！　~~~~っ！」

内奥を満たされる感覚が多幸感を伴った絶頂を連れてくる。紫蘭は泣きながら吉祥の背中にしがつみつき、長い極みに何度も背中を震わせるのだった。


「────ちゃんと正直に言えたな」

えらいぞ、と褒めるように、吉祥は紫蘭の頬に優しく口づけた。

「え……？」

紫蘭はまだ惚《ほう》けた頭で、気怠い身体を持て余したまま手足を投げ出している。吉祥は桶に湯を汲《く》み、紫蘭の身体を布で拭き清めていた。最初は彼にそんなことをさせてしまうのに恐縮していたのだが、俺がやりたいのだ、と言われるとそれ以上固辞できない。実際、情事の後の紫蘭はしばらく動けない時が多かったし、かといってこんなことは山吹にもさせられない。

「感じた時に素直な言葉で言え、と言っただろう」

「……」

だんだんと思考がはっきりとして、どうしてこんなことになったのか思い出した。そしてさっきまでの自分の乱れ様が脳裏に浮かび、自己嫌悪で死にたくなる。

「ど……どうしてあんなこと……」

よく覚えていない場面もあったが、自分が何を口走ったのか、想像するだけで恥ずかしかった。長椅子の惨状もひどいもので、あちこちに紫蘭の衣服や帯が散乱していた。吉祥にもらった羽織は、長椅子の背に引っかかっていた。

「悦かったんだろう？　俺は嬉しいぞ」

「――――」

脱がされた小袖を肩に羽織り、それでも紫蘭は、嬉しそうな彼の顔を見ると絆《ほだ》されてしまいそうになる。いや、吉祥に対しては、もうはっきりと思慕の念を抱いていた。

――ただそれが、肉欲に引きずられているのではないかと最近思うのだ。

自分の中にこんな情欲が眠っているなんて知らなかった。神子として育てられ、清童として生きてきた紫蘭にとっては、できれば直視したくないものだった。

彼が与えてくれる愛情も快楽も鮮烈すぎて、紫蘭はそれがどこから来ているものかわからなくなる。それが少し不安だった。

(でも、私はこの方のことが)

吉祥が好きだった。こんなにためらいなく気持ちをぶつけられて、どうして好きにならずにいられようか。

「出したものをかき出す。少し腰を上げてくれて」

「じ、自分でやります」

「できないだろう。俺のほうが丁寧にやってやれる」

そこまで言われては抗えず、言われた通りに腰を上げる。ぷっくりと熱を持って膨れた肉環に、吉祥の指が入ってきた。

「んっ、……っ」

慎重にこじ開けられたそこから、どろりとした白濁が零れてくる。そこから彼が驚くほどたっぷりと紫蘭の中に出したことがわかった。

「奥に出してしまったからな。まだ残っているはずだ」

「あっ……！」

長い指を差し込まれ、届く限りの奥で白濁をかき出そうと動く。そんなことをされれば、当然感じてしまう。紫蘭は声を漏らさないように手で口を覆い、指のまさぐりに耐えようとした。

「っ……、く、ぅ…んっ」

くちょ、くちょ、といやらしい音が響く。紫蘭はぎゅっ、と眉《まゆ》を顰《ひそ》め、唇を震わせた。

「ま、まだ、ですか……っ」

「……もう少しだ。もっと力を抜いてくれ」

「っ、んっ！」

奥を擦られ、はっきりとした喘ぎを漏らしてしまう。吉祥はわざとやっているのだろうか。こんなことをすれば、紫蘭が感じてしまうのはわかっているだろうに。

「……よし、こんなものだろう」

「ううっ」

体内からずるり、と彼の指が抜けていった。紫蘭はがくりと肩を落とし、はあ、はあと呼吸を乱す。

「どうした。大丈夫か」

「……お恨《うら》みします」

紫蘭は上目でちらりと吉祥を睨んだ。今の行為で脚の間が隆起してしまっている。それを隠すように両膝を引き上げると、彼に足首を摑まれた。

「待て」

「なっ……、あっ！」

「お前に恨まれたくはない。責任はとる」

吉祥の手が紫蘭の両膝を開いていく。はしたない状態になってしまった脚の間を見られてしまった紫蘭は、泣きそうになりながら横を向いた。

「……そんな顔をするな。全部俺が悪い」

「……っ」

そう囁かれ、紫蘭は目線を戻して彼を見る。吉祥は紫蘭の目元に口づけた後、脚の間に頭を沈める。

「あ、あ…あっ、ふあぁあ……っ」

勃ち上がったものを口に含まれ、吸われて、また腰骨が灼《や》けつきそうなほどの快感に襲われた。

後ろにも指を挿れられてしまい、かき回されて、内壁がひくひくと悶える。

「あああ…っ、い、いい……っ」

紫蘭は陶然とした表情で喘いだ。兆した肉茎と疼く肉洞を指と舌で抜かれた紫蘭は、今度こそくったりと長椅子に身体を投げ出す。

「お前を愛しても愛しても、愛し足りない――」

眠りに落ちていく意識に、そんな言葉が聞こえてきた。

数日後、紫蘭の部屋には『西方百夜物語』全集が全巻届けられた。

「紫蘭様、『芍薬』よりお手紙が届いております」

山吹の声に、紫蘭は読んでいた書物から顔を上げた。

「ずいぶん熱心に読んでおられますね。吉祥様から贈られた本ですか？」

「そうだよ」

「賭けにお勝ちになられたと聞きましたが」

「いや……、賭けには、負けたんだけど……」

吉祥が山吹にそんなふうに言ったのだろうか。この本達が部屋に届けられた時、紫蘭はたいそう驚いた。自分は賭けに負けたので、これを受け取る権利はない。吉祥にもそう言ったのだが、彼は「お前が欲しがっているものがわかってよかった」と言うだけだった。なのでありがたく受け取ることにしたのだが、自分は吉祥に何も返せるものがない。なのに彼は、本当に優しい。

「――そういえば、手紙だって？」

「ああ、そうでした。こちらです。では確かに」

邪魔をしては悪いと思ったのか、山吹は手紙を渡すと退出していった。

古風な、一枚の紙を折り畳んだ手紙の裏に、懐かしい名が書かれている。

「あせびだ」

『芍薬』での後輩の神子。今はどうしているだろうか。手紙を広げると、少し癖のある字がそこに並んでいた。

――紫蘭様

ご無沙汰しております。お元気でお過ごしになっていらっしゃいますでしょうか。手紙はそんなふうに書き出されていた。内容は他愛のないもので、紫蘭が出ていった後の『芍薬』の皆の様子などが書かれている。紫蘭は口元に笑みを浮かべながらそれを読んだ。

――ところで、『芍薬』の側に塀が建てられました。それまではいつでも王宮に行って紫蘭様に会えると思っていたのに、今ではそれも叶わなくなり、残念です。

「……え？」

その一文を読んで、紫蘭は窓辺へ駆け寄った。そこからは樹木の向こうに『芍薬』の建物が見える。今も、木立の陰に上階部分が認められた。だがよくよく目を凝らしてみると、そこの手前に塀のようなものがある。紫蘭はとるものもとりあえず部屋を出た。『芍薬』のある方向へ小走りに駆けていく。

――王宮の人がいたので、どうしてこんなものを建てたのかと聞きました。すると、『嫁いできた神子様が逃げないように』とおっしゃっていました。ひどい目には遭われていないでしょうか。

あせびの手紙はそう続けられていた。紫蘭は空を仰ぐ。灰色の空が重たく広がっていて、空気もどこか湿っぽかった。雨が降るかもしれない。

「……っこれは」

紫蘭は息を乱しながら見上げる。目の前には塀が聳《そび》え立っていた。その向こう側には『芍薬』の建物がある。紫蘭が物心ついた時から育った場所。多くの思い出がそこにある。

――――どうして？

紫蘭はここに帰ろうとしたことはない。以前吉祥に、抱く気がないのならここに戻せと言ったことがあるが、あの後抱かれてしまった経緯もあり、そのこと自体を忘れていた。

「いったい誰が――――」

『嫁いできた神子様が逃げないように』

神子とは紫蘭のことだ。

では誰が紫蘭を逃がしたくないのだろう。

弟の三人目の相手を逃がしたくない浅沙か。

紫蘭のことを逃がしたくない吉祥か。

はたまた紫蘭が知らない事情を持つ誰かか――。

「『芍薬』へは帰れんぞ」

ふいに背後からかけられた言葉に、紫蘭はゆっくりと振り返り、そして名を呼んだ。

「吉祥様……」

そこに立っていたのは吉祥だった。彼はどこか悲しそうに紫蘭を見つめている。

「意外に早く気づいたな。もう少しかかると思ったのだが」

「同じ神子である者が手紙をくれました」

「手紙か」

彼は得心したように呟いた。

「そうか、検閲でもすればよかったか」

「――どうしてですか？」

どうしてこんな、閉じ込めるような真似を。

「お前に逃げられたくないと思ったからだ。帰る場所をなくせば俺の側に留まってくれると思った」

「どうして私が逃げるなどと――」

そこまで言って、紫蘭は言葉を止めた。彼は前の妻に二度も逃げられている。紫蘭のことを信じられなくなっても当然ではないか。

「お前が今考えていることは違う。俺は以前の妻二人が去っていった時、なんの感情も湧かなかった。側にいて欲しいと思ったのはお前だけだ」

「私の帰る場所をなくす――」

「そうだ」

吉祥はあっさりとそれを認めた。紫蘭は目眩《めまい》すら感じる。

「お前がこのままここに近寄らなければよし。だがもしここに来た場合は、捕まえてわからせなければならない」

「な、何を――」

次の瞬間、吉祥は距離を詰めてきた。紫蘭を壁に追いつめ、貼りつけるように押さえつける。

「ああっ」

顎を摑まれ、深く口づけられた。まるで罰のように舌を吸われ、搦《から》め捕《と》られて、頭の芯がたちまち痺れる。

「んん、ふう――んっ、んっ…！」

「……逃げないでくれ、紫蘭、頼む」

口吸いの合間に、吉祥が乞《こ》い願うように訴えてくる。

――この方は、そんなに私を望んでくださるのか。

そう思うと、紫蘭の胸の奥がきゅうっと切なくなった。

「……き、ちじょう様、吉祥様、手を、手を離してください。逃げませんから」

「駄目だ」

「逃げません。……本当です」

紫蘭が何度も根気強く訴えると、吉祥はようやく納得したのか、押さえつける手を緩めてくれた。

「私も、お話ししなければならないことがあります」

「……聞こう」

吉祥は沈痛な面持ちになった。もしかしたら、紫蘭がここからいなくなることを話されると思っているのかもしれない。

「私はこれまで、誰かに強い感情を抱いたり、激しく心を揺らされたりしたことがありませんでした」

「ああ」

「吉祥様が、私を大事にしてくださることはわかっております。私も、その……、これまで周りにいた人とは違う気持ちを、吉祥様に抱いております」

吉祥が瞠目して紫蘭を見た。

「本当か」

「はい」

でも、と紫蘭は続けた。

「この気持ちが、どんな理由によるものなのかよくわからないのです。もしかしたら、その……、肉欲、によるものなのではないかと……」

こんなことは彼の顔を見ながら言えるものではない。紫蘭は目を逸らしながらそう告げた。だが、吉祥からの反応はない。

「……?」

訝《いぶか》しく思った紫蘭は、恐る恐る彼に視線を戻した。吉祥がどんな表情をしているのか不安だった。こんなことを言って、なんとはしたない奴だと思われでもしたら。

吉祥の表情は、呆れか怒り顔か。だが実際の彼は、そのどちらでもなかった。

「吉祥、様……?」

彼はひどく驚いたような、呆然とした顔をしていた。ぽかんと口を開けてこちらを見ている。

「肉欲と言ったか」

「も、申し訳ございません。破廉恥《はれんち》なことを……」

「お前が、欲を抱いてくれているというのか。この俺に」

吉祥の声には負の響きは感じられなかった。むしろその逆で、喜悦さえ滲《にじ》んでいるように聞こえる。

「そうか、肉欲か……」

嚙みしめるように繰り返す吉祥に、紫蘭はいてもたってもいられなくなった。

「そんなことを何度も言わないでください。からかっておられるのですか！」

「からかってなどいない」

今度はひどく真剣に返されてしまい、紫蘭は戸惑う。すると吉祥は何を思ったのか、紫蘭をその場で担ぎ上げ、肩の上にまるで荷物のように抱えてしまった。

「え、あ――、ちょっ、と！」

あろうことか、吉祥はそのまま走り出してしまったのだ。

「お、下ろしてください！」

どうにか逃れようと、彼の肩の上で暴れてみるが、膂力《りょりょく》も体格も違いすぎる。誰かに見られでもしたらどうしようと、紫蘭は気が気ではなかった。というか、吉祥はいったいどうしたのか。

紫蘭の心配をよそに、自分達は誰にも見咎められることはなかった。吉祥はとある部屋の扉を開け、寝台の上にそっと紫蘭を下ろす。そこで紫蘭はここが来たことのない部屋だと気づいた。

「ここは……？」

「俺の部屋だ」

ここが吉祥の私室。

突然無体を働かれたことに対する抗議も一瞬忘れ、紫蘭は部屋の中を見渡した。室内は落ち着いた色の調度で整えられていて、壁には武具がかけられている。そして花の類《たぐ》いが一切見当たらない、無骨な部屋だった。今紫蘭が座っている寝台の脇にも、大きな太刀が無造作に立てかけられている。

「……初めて入りました」

そう言うと、吉祥ははっとしたような顔をした。

「そうか。連れてきていなかったな。これからは遠慮なく入るといい」

「よろしいのですか」

「夫婦ではないか」

そんなふうに言われて、懐に入れられたような気がして嬉しかった。だが次の瞬間、ここにいる理由を即座に思い出す。

「……それはそうと、何故こんな真似をするのです」

きっ、と顔を上げ、目の前に立つ吉祥を見上げた。彼は困ったような表情を浮かべたが、次にとんでもないことを言った。

「お前が俺に肉欲を抱いていると言われて、嬉しかったのだ。それでいてもたってもいられなくなった」

「だ、だからそういう――」

「違うのか?」

吉祥が目の前で屈《かが》んで、今度は紫蘭を見上げてきた。真っ直ぐな強い視線に射貫かれて、思わず動けなくなる。

「お前に欲情していると言われて、俺は嬉しかった。俺だけではないと知ることができた」

「――」

「俺に向けてくれる感情であれば何でもいいと思っていたが、それが肉欲であるなら願ったり叶ったりだ」

吉祥がそんなことを考えていたなんて、思ってもみなかった。

そうか、彼は紫蘭が思っていることがわからなかったのだ。だから逃げるのではないかと焦りを覚え、『芍薬』の前に塀を建ててそちらに行けないようにした。

「……私も、わからないのです。自分の感情が」

これまで不必要なものだと排除してきた。それなのに突然目の前に突きつけられ、どうしたらいいのか途方に暮れている。

「ただ、あなたに触れられるのは好きだと、そう……思います」

何度も思い悩んで、やっとそれだけはわかった。人間は心の機微《きび》よりも肉体の快楽のほうがわかりやすい。ただそれだけのことなのかもしれないけれど。

「それなら、こちら側から探っていくことにしようか」

「……?」

吉祥の言っていることが、紫蘭にはすぐは理解できなかった。

「肉欲ならわかるというのなら、わかるところから突き詰めていってみよう」

そう告げた彼は、屈んだまま紫蘭の脚に手をかけた。それでようやく彼の言わんとしていることを察して、カアッと身体が熱くなる。

「そ、そんな、私は、そんなつもりで」

ではいったいどういうつもりなのだろう。このままわからないでもでも、と駄々を捏ね続けるつもりでいるのか。

少なくとも、彼は歩み寄ってくれたのに。

「申し訳ありません――――。はしたないことを言ってしまって」

「問題ない」

吉祥は腰を上げると、紫蘭の膝に手を置いたまま顔を近づけてきた。

「俺もお前とのまぐあいは好きだ」

「……っ」

そのまま唇が重ねられる。びくり、と身体を震わせた紫蘭だったが、目を閉じると薄く口を開いて彼の舌を受け入れた。身体が熱くなる。舌を搦め捕られて、甘い呻きが漏れた。

「快楽が好きなら、嫌というほどやろう」

「あ……っ」

耳の後ろに口づけられて背中がぞくぞくとわななく。吉祥に触れられるとすぐに力が抜けていってしまうのが恥ずかしい。紫蘭には、この感覚に抗う術はないのだった。

「ああ…、や、はっ、はぁ…あっ」

目を閉じ、喘ぎながら喉を反らす。紫蘭は寝台に腰掛けたまま、下肢から込み上げてくる快感に耐えていた。両脚を大きく広げた紫蘭の脚の間に吉祥が屈み込み、その肉茎を口淫している。

吉祥の大きな口の中で、紫蘭のものが好き放題にしゃぶられていた。

「あぁぁ…っ、う、うう…っ」

ただでさえ敏感な部分を唇と舌で丁寧に虐められる。裏筋を舌で擦られ、強く弱く吸われると両膝ががくがくと震えた。

「吉祥、様…っ、その、ような…っ」

王弟である彼が床に跪《ひざまず》いて紫蘭に奉仕するなどと。そんなことをさせてはいけないと制止しているのに、彼はいっこうにやめようとはしなかった。

「いいから、大人しくしていろ。……気持ちがいいのだろう？」

先端のくびれの部分を、舌先でつつうっ、となぞられる。背中がぞくぞくした。

「あ、あ、うっ……んっ」

気持ちがいい。熔けそうだ。紫蘭は息を喘がせながら、震える瞼を開けてちらりと下を見る。すると脚の間で紫蘭の肉茎を頬張っている吉祥の姿が視界に飛び込んできた。その視覚での刺激に身体が燃え上がる。

「あ、あっ、んぁっ、い、い…くぅ……っ」

身を捩り、込み上げる絶頂感にひくひくと身体を震わせながら訴える。身体の芯が引き抜かれるような快感は耐えられそうになかった。吉祥の硬い髪に指を絡め、背中をめいっぱい仰け反らせて、腰骨が灼けつくような極みに嬌声を上げる。

「んんぁ、あっ、あぁぁあ……っ！」

下肢を痙攣させ、紫蘭は吉祥の口の中にびゅくびゅくと白蜜を放つ。本当は彼の口内に出すなんて、申し訳ないのと恥ずかしいのとでやりたくない。けれど紫蘭が口淫でイく時、吉祥はいつも放してはくれないのだ。

「ふ、あぁあ…あっ…！」

精路に残った蜜も吸い上げるようにして吉祥が舐め上げるので、達した後も痺れるような刺激が襲ってくる。紫蘭はとうとう上半身を寝台の上に倒してしまった。

「たくさん出したな。いい子だ」

吉祥が顔を上げ、寝台に横たわった紫蘭の上に乗り上げてくる。帯が解かれ、肌が露わになると、彼は手早く自分の服も脱ぎ始めた。

「あ、あの」

「うん？」

紫蘭は震える手を吉祥に伸ばす。

「私が……」

自分が彼の服を脱がせたい、と紫蘭は訴えた。彼は少し驚いた顔をしていたが、やがて柔らかく笑って紫蘭の手を引き寄せる。

「わかった。やってくれ」

「はい」

頷いて、吉祥の服の帯を解く。上半身は問題なく脱がせられた。いつも閨で見ている厚い筋肉に覆われた肉体が目の前に現れる。どきどきして、だがまだ終わっていないと下肢の衣服にとりかかった。

衣服の上から隆起している彼のものの存在が嫌でも目に入る。それでも思い切って脱がせてしまうと、目の前に質量のある吉祥の男根が突き出された。

「……っ」

「触ってみるか？」

言われて、恐る恐る手に触れる。自分も同じものを持っているはずなのに、それは色も形もまったく違っていた。両手で握ると、ずしり、とした感触を返す。また大きくなったような気がした。

「どうだ？」

「重たい…です…」

これがいつも自分の中に入って強烈な快感を与えてくれるのだ。そう思うと下腹の奥がじくりと熱くなる。

「私も、口でしたら、駄目でしょうか……」

「無理はするな。だいたいその口の中には入らないだろう」

確かに、こんなものを無理やり口に入れてしまったら顎が外れそうだった。

「まあ…、でも、そうだな」

吉祥は紫蘭の耳元に何事かを囁く。それを聞いた紫蘭は真っ赤になってしまったが、彼の言うことに頷いた。

吉祥が寝台に横たわると、紫蘭がその上に跨がる。だが下半身を彼の顔のほうに向けるというはしたない格好だ。羞恥のあまり頭がくらくらする。下になった吉祥が紫蘭の双丘を押し開くと、恥ずかしい場所がすべて見えてしまうのだ。

「あ……」

「いい眺めだ。お前のここがひくひくしているのが見える」

「や、やめてください、そんなっ…」

吉祥の言う通りだった。彼に全部見られているかと思うと、紫蘭の窄まりは勝手に収縮する。肉洞の奥も甘く疼いてしまうのだ。

「恥ずか、し…っ」

「ああ、恥ずかしいな。だが可愛いぞ」

「や、やだ、あ、……んあぁぁあ」

紫蘭が背を反らして喘ぐ。吉祥が紫蘭の後孔に舌を這わせてきたのだ。肉環をぬるり、と舐め上げたかと思えば、口をつけてちゅううっと吸い上げる。

「あ、はっ、……あ、ぁううんっ……！」

下半身がたちまち甘く痺れる。寝台についている両の膝もがくがくと震え、今にも力を失いそうになった。

「どうした？　……お前もするのだろう？」

「あ、んっ…」

一方的に感じさせられてしまい、危うく当初の目標を忘れるところだった。紫蘭はどうにか顔を上げると、目の前に聳え立っている巨根に指を絡める。

「ん、ぐ……」

口の中に含めるだけ含める。こんなに大きく口を開けたことはなかった。どうにか舌を動かして男根を擦ってみると、その凶悪なものは更に大きくなった。

「…っふあっ」

とても口で咥えていられない。紫蘭が今度は必死で男根に舌を這わせた。だが下半身からの快感に邪魔されて、ちっともうまく舐められない。

「は……っ、は、あっ、だ、だめ……っ」

対して吉祥の舌は巧みに紫蘭を熔かしていった。ちろちろと舌先でくすぐるように舐められたかと思うと、中に唾液を押し込まれたりした。そして前方で再び勃ち上がっている肉茎を、指先で優しく撫で上げられる。

「ぁあ、ひ……ぃっ」

下半身にぶるぶると痙攣が走った。吉祥の愛撫はもはや脚の付け根にも伸びている。

「あ、や、そんっ…な、意地悪、しな…でっ」

「意地悪ではない。可愛がっている」

「あ、あ――…っ」

吉祥の舌先で窄まりをぐりぐりと抉られて、蕩けるような快感が襲ってくる。肉洞の奥から焦《こ》げつくような感覚が込み上げてきた。ああ、もう駄目だ、と思う。

「んんっ、くっ、くううぅんんっ……!」

紫蘭は喉と背を思いきり掲げて仰け反った。肉茎の先端からびゅく、と白蜜が放たれ、吉祥の胸元を濡らす。

――イってしまった。

後ろを舐められただけで達してしまった。自分はまだほとんど何もできていないのに。

「あ…あ、ごめんな、さ……っ」

「謝ることはない。がんばったな」

吉祥は優しく言って、おもむろに起き上がって紫蘭を背後から組み敷いた。彼の舌嬲りで蕩けた後孔に男根の先端が押しつけられる。

「――――が、やはり俺はお前の中でイきたい」

「んあ、ア…っ、あくううっ」

肉環をこじ開けて吉祥が這入ってくる。その瞬間にぞくぞくぞくっ、と身体中がわなないた。口には入りきらなかったものを、肉洞ではしっかりと咥え込んでしまう。吉祥も同じことを思っていたらしく、息を吐きながら忍び笑うように低く囁いた。

「こっちは上手に呑み込めるじゃないか」

「あ…っ、あ…っ、うぁ、あぁぁ……っ」

腰を高く上げさせられて、紫蘭は自分を支えていることができず、がくりと上体を落とした。敷布の上に広がる黒髪ごと敷布を握りしめる。吉祥のものがゆっくりと中を擦っていって、震えが止まらない。

「……紫蘭、どんな気分だ？」

吉祥が双丘を優しく撫で回しながら尋ねてくる。彼を咥え込んでいる肉環はひくひくと蠢いていた。

「あ、お、大きい…の、這入って、くる…っ、んんぁっ、……ゆっくり、するの、気持ちい…っ」

じゅぷ、じゅぷ、とゆったりとした動きで抽挿されると、媚肉がじっくりと刺激されてどうにかなりそうに感じた。

「可愛いな。……虐めたくなる」

「～～～っ」

そんなふうに言われて、吉祥のものを強く締めつけてしまう。どうにでもして欲しかった。彼に思う様虐められてみたい。

「ああ…っ、虐めて、くださ…っ、私が、泣いても、犯して…っ」

高まりのまま無意識にそんなことを口走ると、次の瞬間、入り口から奥までをずん、と強く突き上げられた。悲鳴を上げて仰け反ると、最奥の壁を男根の先端でぐりぐりと嬲られる。

「あぁ、ひいぃぃい…っ！　くぁあ、あぁあ……っ！」

「あまり煽ると、どうなっても知らんぞ」

わからせるように何度もそこにぶち当てられ、紫蘭はびくびくとわななきながら絶頂に達した。肉茎の先端からびゅくびゅくと白蜜が噴き上がる。

「くぁあっ、そ、こ…っ」

「ここが、すごいか…？」

最奥の壁に当てられているだけで快感がじゅくじゅくと湧き出してきた。身体の中が快楽で弾けそうで、紫蘭は啼泣して喘ぐ。

「お前が泣いても許すなと言ったんだからな」

「んう、ううう…っ」

顎を摑まれ、後ろを向かされて強引に口を塞がれた。舌を強く吸われて頭の中が真っ白になる。紫蘭はもう恍惚《こうこつ》となって彼の舌を吸い返した。

「……っふ、あぁ…っ、あ、んっ…」

吉祥のものをきゅっきゅっと締めつける度に下腹が甘く痺れる。身体中が彼を欲していた。

「……っ紫蘭」

突然吉祥が体勢を変える。這入ったままで片脚を持ち上げられ、ぐるりと身体を半回転させられた。

「んぁああっ」

下半身が交差するような格好になる。初めての体位に戸惑っていると、吉祥に持ち上げられた脚を肩に乗せられた。そのまま試すように軽く腰を動かされる。

「んっ、あっ」

「苦しくないな?」

「な、けど、あっ！　こ…これ、深…っ、んぁ、あぁぁう…っ」

蠢く内壁を振り切るように吉祥が腰を使ってくる。時折先ほどの最奥の壁にも当てられてしまい、紫蘭は我を忘れたように喘いだ。

「紫蘭……っ、紫蘭っ」

吉祥が何度も紫蘭の名を呼んでくる。その度に身体中が敏感になったようにひくひくとわななないた。求められていることがひどく嬉しい。吉祥のために、こんなあられもない格好をさせられても嬉しかった。

「ふあ、あぁあ…っ、吉祥、さまぁっ……！」

「紫蘭…、もっと呼んでくれ、俺のことを…っ」

身体を深く折り曲げられ、また吉祥が口づけてくる。中をごりごりと刺激され、紫蘭は続けて何度か達した。

「あっ、あっ、あっ…！」

口の端から唾液を滴らせながらよがり泣く。そんな紫蘭の痴態《ちたい》に彼もまた興奮し、容赦なく挑んできた。律動が速くなり、達するのが遅いと言っていた吉祥も限界を迎える。

「……出すぞ、紫蘭……っ」

「は、い、ああっ出して、くださ……っ、奥に…っ、〜〜〜っ」

声にならない声を上げて紫蘭が果てると、吉祥は獣のように低く呻いて腰を震わせた。おびただしい量の精が、紫蘭の内壁に叩きつけられる。

「くひぃいっ……！」

彼の迸《ほとばし》りを受けた時の感覚にもイってしまった。こんなに達してばかりいたら、頭がおかしくなってしまうのではないだろうか。けれど快楽はあまりに甘美で、紫蘭は溺れずにはいられない。

「ああ……紫蘭」

ため息のように名を呼んで、吉祥が身体を重ねてくる。その心地よい重みに、紫蘭はうっとりと目を閉じた。


「どこか痛いところはないか？」

大きな手が髪を撫でてくる。まどろんでいた紫蘭は、片目を開けて吉祥を見上げた。

「痛い…と言えば、なくはないですが……」

無理な体勢をとってしまったせいか、身体の筋肉が鈍い痛みを発している。けれどこれはたいしたことではない。それよりも結った髪が解けてくしゃくしゃになってしまったほうが問題だった。

「それなら、後で俺が結ってやろう」

「いえ、そんなお手を煩わせるわけには」

「俺がしたいんだ」

そう言われてしまうと、それ以上は固辞できなかった。

「水を飲むか?」

頷くと、彼は水差しから茶碗に水を汲んできてくれる。ありがとうございます、と言って受け取ろうとしたが、まだ指が震えていた。すると吉祥は自分の口に水を含み、紫蘭に口づけてくる。

「――――」

冷たい水がさんざん酷使した喉を通っていくのが心地よかった。何度か飲み干すと、少し体力が回復したような気がする。

「あとは……」

「あの」

甲斐甲斐《かいがい》しく世話を焼こうとする吉祥に呼びかけた。

「何もしなくて大丈夫なので、しばらくここにいてもらえないでしょうか」

こんなふうに甘えるようなことを言ったのは初めてだった。厚かましく思われるだろうか、と少し怖かったが、吉祥は驚いたような顔をすると、神妙な顔で横たわる紫蘭の隣に潜り込んでくる。まだ熱の残る肌を抱き寄せられ、ほう、と息をついた。

「本当は」

と、彼は話し出した。

「俺は本当は、とても独占欲が強く心の狭い男だ。獣のような欲を持ち、いつもお前のことをひどく抱きたいと思っている」

それは『芍薬』との間に塀を建てようとしたことで、なんとなくわかった。

けれど、彼もまた不器用なだけではないのだろうか。互いに想っているもののすれ違ってしまったが故に起きたことだ。

「『芍薬』に逃げたりはしません。私はもう神子には戻れない――。それで信じてはもらえませんか?」

紫蘭は彼の緑の瞳をじっと見る。そういえば、緑の瞳は嫉妬の象徴だと聞いたのは何処でだったか。

「……そうだな。今は信じよう」

彼の言葉に、紫蘭はほっとした。

「少なくともお前が俺に肉欲を抱いてくれているのがわかったからな」

「……それはもう言わないでください……」

素面《しらふ》になって考えると恥ずかしすぎる。よくもあんなことが言えたものだ。だがあの時は紫蘭も必死だったのだ。

「吉祥様はそれだけでいいのですか？」

自分で言っておいてなんだが、それではまるで身体だけだと言っているようではないか。吉祥がそれで納得するとは思えなかった。

「とりあえずはな」

彼は紫蘭の裸の肩を撫でた。乾いた手の感触が心地よい。

「お前が他に気になる男がいるというのなら別だが、今一番近くにいる男が俺だというのなら、まずはそれだけでも構わない」

「そのような方はいません。私達は結婚したのですから、それは不義に当たります。……吉祥様は、私が不義密通をするような人間だとお思いなのでしょうか」

そんなふうに言われたのが悲しくて、紫蘭は抗議した。すると吉祥はひどく慌てたような顔をする。

「そういうつもりではなかった。すまん。軽率なことを言った」

紫蘭の言葉に率直に謝る彼は、おそらくとても実直な男なのだろう。王族である彼は、紫蘭の言葉など容易く封じ込めてしまえるのにそれをしない。吉祥は、想いを寄せるに足る男だ。

（きっと、彼自身のことも好いている）

この胸の奥にある温かな想いはきっとそうなのだろう。身体に心が引きずられている可能性も否定できないが、今の自分の心の裡《うち》を素直に覗《のぞ》くとそうなるのだ。

「俺は、お前が喜ぶことをしたい」

頬に掌が触れ、何度か撫でられた後で唇が触れる。先ほどまでのあからさまな行為の一部分のようなそれとは違う、労《いたわ》るような口吸いだった。

「お前が愛おしい、紫蘭――」

唇を啄まれ、目を閉じながら、自分は彼に何を返せるのかと、紫蘭は思うのだった。

その翌日、紫蘭は芍薬殿の近くで、戸惑いながらその光景を見ていた。

吉祥の命によって建設された塀が、取り除かれている。職人達が塀を解体し、資材を運んでいくのを呆気《あつけ》にとられながら見ていた。

「造ってもらったばかりなのに、悪いな」

「いえ、こちらの資材は別の場所に使えますし、構いませんよ」

目の前で吉祥と職人が交わす会話が聞こえてくる。

昨日、吉祥と紫蘭は塀の件で揉め、誤解と理解の上で寝台で熱く絡み合った。そしてさっそく吉祥は自分の非を認め、王宮と芍薬殿を隔てる塀を取り去ってくれたのだった。その行動の早さに思わず舌を巻いてしまう。

塀の向こうでは、突然の解体工事に『芍薬』側も驚いたのか、何人か野次馬が出てきている。その中にはあせびの姿もあった。

「あ、紫蘭様！」

「あせび」

人垣の中にあせびの姿を見つけた紫蘭は、互いに声をかけ合った。

「どうされたのですか、これ。この間できたばかりじゃないですか」

「……少し、行き違いがあったようなんだ。それでわかってもらったんだが、私もこんなに早く取り壊すとは思わなかった」

紫蘭がちらりと後ろを振り返ると、吉祥がこちらを見ていた。

「あの方が、吉祥様ですか？」

「そうだ」

「な、なんかこちらに向かっていらっしゃいますけど……」

あせびはあからさまに怯えたような顔をしている。それも無理はないかもしれない。吉祥は上背もあり、偉丈夫で、しかも顔が整っているとはいえ強面だ。

「大丈夫だ、あせび。吉祥様はお優しい方だから」

そう言ってはみたものの、あせびの顔は引き攣《つ》ったままだった。そうしているうちに吉祥が近くまでやってくる。あせびは慌てて平伏した。

「――そなたは、紫蘭の友人か」

「は、はい、いえ、友人などと、恐れ多うございます」

「吉祥様、あせびです。彼は私の神子としての後輩です。『芍薬』にいた時は仲良くしてくれました」

紫蘭にそう紹介され、あせびはますます恐縮した。

「そうか。これからも仲良くしてやってくれ」

「はい、ありがとうございます」

「紫蘭、これからは時々ここへ里帰りしに来てもよいぞ」

「――よろしいのですか?」

物凄い譲歩だった。つい先日までは紫蘭が逃げるのを恐れてここへ塀を造ったのに、今は里帰りしてもいいなどと言う。

「ああ、構わない」

吉祥は小さく笑いながら告げた。

「俺も浅慮だった。これからはもっとよい夫になるよう努力しよう」

「吉祥様……」

その時、王宮のほうから吉祥を呼ぶ声がする。

「――吉祥殿下。陛下がお呼びです」

「わかった。すぐに行く。――ではな」

「はい。ありがとうございました」

吉祥は片手を上げてその場を去っていった。それを紫蘭と共に見送っていたあせびだったが、やがて興奮気味に話し出す。

「吉祥様って、すごく素敵な方ですね。ちょっと怖そうですけど……」

「まあ、最初は私も怖い方なのかと思った」

「でも、紫蘭様はとても愛されていらっしゃるように感じます」

「……そうかな？」

他の者からもそう思えるほどに、自分は幸せに見えるのだろうか。そう思うと少しくすぐったい。

「はい、以前よりももっとお綺麗になられましたし……。こう、艶が乗ったように思えます」

「っ」

端的に色っぽくなった、と言われて、紫蘭は言葉に詰まる。

実際、吉祥には三日と置かずに抱かれていた。彼は強い欲そのままに紫蘭を求めてくる。今もそれを受け止めるだけで精一杯だが、決して嫌ではないのだ。むしろ夜になると彼を待っている節さえある。

「可愛がられておいでなのですね?」

「年上をからかうものではない!」

そんなふうに言ったが、否定はできなかった。だが、次にあせびは、意外なことを告げる。

「でも、今の紫蘭様は……少し、目の毒です。お美しすぎて、誰か他の人の心をざわざわさせるやもしれません」

「……?」

あせびの言葉に、紫蘭は首を傾げた。

「何を馬鹿なことを言っている」

だからそう返した。いくらなんでも、自分にそのようなことができるはずがない。

「自覚がないのです、紫蘭様は。気をつけてください。吉祥様がここに塀を造った理由も、少しはわかります」

「わかった。せいぜい気をつけるとしよう」

とはいっても意識していることではないから、どう気をつけたらいいのかわからないのだが。

紫蘭はあせびの言うことを笑っていなすのだった。

「紫蘭殿に、客の前で舞ってもらいたいのだが」

ある日、吉祥と紫蘭は浅沙に夕食に招かれた。席には浅沙とその妻の月下、そして吉祥と紫蘭が着く。その会食の最中、浅沙が突然そんなことを言い出した。

「来月、西のファタールから賓客を迎えるんだが、そこでぜひ君の舞いを見てみたいと言われてね。どうだろう。引き受けてくれないか」

紫蘭は戸惑いながらも返事をした。

「私はもう神子ではないので、奉納の舞いはできませんが……」

「何、そんなことにはこだわらない。西の国の連中は君達のような神秘的な存在に興味があるらしくてね。美しく舞う様をぜひ見てみたいのだそうだよ」

「兄上。紫蘭は踊り子でも遊び女でもない。酒の席で舞わせるなどと、あまりに無礼ではないのか」

吉祥が不機嫌そうに兄に抗議した。まあ怖い、と月下が肩を竦める。だが浅沙はそんなことには慣れているようだった。

「吉祥、これはただの宴席ではない。外交だよ。この国のためになることだ」

「外交と言えば俺の伴侶を見世物にできると思っておられるなら大間違いだ」

浅沙はため息をつき、月下のほうを見てやれやれ、と肩を竦める。

自分のことを巡って彼ら兄弟が舌鋒《ぜっぽう》を交わしているのを目の当たりにし、紫蘭はひどく居たたまれない気持ちになった。浅沙が言うこともわかる。

「私は構いません」

「紫蘭！」

「本当かい⁉　それは助かるよ」

「私は神子を引退した身です。奉納の演舞は舞えませんが、それでもよろしければ」

「もちろんだよ。皆が君の舞いに釘付《くぎづ》けになるだろう。外交もやりやすくなるというものだ」

「紫蘭殿はご自分の価値をよくわかってらっしゃるのね。夫君はご不満そうですけど」

月下が口元を押さえながらくすくすと笑って言った。紫蘭ははっと気づいて、吉祥のほうを見ながら告げる。彼の立場というものをわかっていなかったかもしれない。

「吉祥様。私を気遣ってくださりありがとうございます。けれど私はここに来てからまだ何も桜苑国のために役に立ってはおりません。そろそろその時期が来たように思えるのです」

「無理はしなくてもいいんだぞ、紫蘭」

「無理はしておりません。大丈夫です」

「……」

それでもまだ、吉祥の眉間の皺が取れることはなかった。浅沙は言質《げんち》を取ったと言わんばかりに話を進めていく。

「君が神子だった時と比べて観客の種類が異なるだけだ。何も問題はないと思うよ」

「よろしくお願いいたします」

紫蘭は神妙に頭を下げた。浅沙の言う通り、何も問題はない。紫蘭はこの時、まだそう思っていた。


「……差し出がましかったでしょうか」

寝台の上、夜着を広げられて首筋に唇を這わされながら、紫蘭はそう呟いた。

「兄上の夜会のことか」

吉祥が愛撫の手を止めずに言う。なだらかな胸に掌を這わされて、そろそろ息の乱れを抑えるのが厳しくなっていた。

「吉祥様は、お嫌そうでした……」

「それはそうだ」

「あ、んっ！」

胸の上の突起をかぷりと噛まれ、紫蘭は思わず声を上げる。そのままちゅううっと音を立てて吸われて、背中が寝台から浮いた。

「お前が他の男に見られるのは、嫌で仕方がない」

そのまま舌先で何度も転がされ、紫蘭は声を我慢できなくなる。

「あ、あっ、んぅんっ、で、でも……っ」

吉祥は最大限紫蘭の意向を酌《く》もうとしてくれるし、理不尽な束縛はしないようにしてくれている。だがそれはきっと、彼が努力して行っていることなのだと最近わかってきた。

「ああ、わかっている。王族としての仕事はしなくてはならない」

乳首が執拗に刺激される。どんどん込み上げる快感に、次第に彼の話を聞くことが困難になってきた。

「お前が協力しようとしてくれる気持ちも嬉しいし、尊重はしたい。俺の愚かな我《わ》が儘《まま》だ。笑っていい」

「そ、そんなこと……っ、あっ、くぅんんっ」

刺激にぷっくりと膨らんだ乳首は精一杯勃ち上がり、吉祥の愛撫に応えていた。片方を執拗にねぶり、もう片方も指先で摘まれ、弾かれる。彼の愛戯はいつも濃厚だ。自分の欲を早く満たしたいというのではなく、むしろ紫蘭の快楽を優先に考えているようなところがある。そして今日は特にそれが顕著だった。

「んあぁ…っ、もう…っ、そこ、ばかり……っ」

吉祥に抱かれてからひどく感じやすくなった紫蘭の肉体は、もう身体のあちこちが疼いているのに、彼はいっこうに乳首への愛撫をやめようとしない。これは胸だけでイかせようとしてきている。そう感じて、もどかしさに耐える覚悟をした。

これは、舞いを舞うことを了承した紫蘭を責めているのだろうか。

「あ、あ、のっ」

「うん？」

「やはり、怒って、おられるのでしょうか…っ、は、ア…っ」

「何がだ」

「わ、私が、浅沙陛下に、言ったことを……っ、んっ、くぅう…っ！」

その瞬間、乳首を軽く噛まれてしまい、紫蘭は悲鳴のような高い声を上げる。その後すぐに労るようにねっとりと舌を押し当てられて、足の先まで甘く痺れた。

「はあ、ふぁあ……っ」

「怒ってはいない。…が、少し思い知らせたい気分だ」

「何を…っ、んあ、ふあぁあっ、そ、そ、こ…っ！」

ようやっと乳首から舌が離れたと思うと、二の腕を上げさせられ、腋《わき》の下の窪みを舐め上げられる。くすぐったさの混ざる快感に全身がぞくぞくと震えた。

「お前がどんなに俺に愛されているのかをな。これだけ尽くしても、まだお前には伝わっていないようだ」

「そ、そんな、わかってっ…、ひあ、あはぁあっ」

刺激に弱い腋下をしゃぶられながら、乳首もまた指先で転がされる。興奮と惑乱でかき乱される頭の中で、紫蘭は必死で考えた。

そんな。彼が自分にやや重い情を寄せてくれているのはわかっているつもりだったが、それでもまだ足りていなかったというのか。

けれどその困惑も、異様な快感に呑まれ、流されていってしまう。

「あ、ぁあ…っ、だ、め、あっイくっ、い、くぅ…っ！　んぅぅうんんっ…！」

下半身にはまったく触れられないまま、上半身のみで達した。もどかしさの混ざる絶頂に腰の奥が激しく収縮する。

「あ…っ、あ…っ」

びくんびくん、と下肢が痙攣した。それから吉祥の指と舌が全身を這い、ねっとりとした愛撫で紫蘭は何度も極める。ぐずぐずに蕩けた後孔にもずっと挿れてもらえず、繰り返し哀願して、ようやっと彼が自身を挿入してくれた時には、絶頂が止まらなかった。

夜が白む頃になってやっと解放された時には、さすがに精も根も尽き果てて泥のような眠りに落ちる。

そんな紫蘭の乱れた髪を、大きな手がかき上げていった。

「こうやっていつも抱き潰してしまいたい……。そんなことを考えている俺を、お前は理解できんだろうな」

呟かれた言葉を、紫蘭は夢現《ゆめうつつ》に聞いたような気がした。

翌月に設けられた宴席は大きなものだった。周辺諸国と遠方からも賓客が集まり、贅を凝らした料理と酒が惜しげもなく振る舞われる。桜苑国は地形的なものもあり、凍らない港、鉱物などの潤沢な資源、肥沃《ひよく》な大地がもたらす豊かな実りにより富んだ国である。そのために質素な宴席など許されるはずもなかった。こういった場面でも、国威というものは現れるものなのである。

そんな大事な席で私が舞ってもいいものなのだろうか。

大広間の中央に設けられた舞台を、紫蘭は不安げに見つめていた。

もし失敗でもしたら吉祥様にもご迷惑をおかけしてしまう。

広間の様子が見える控えの間で、紫蘭は自分の夫である吉祥をちらりと見た。彼は腕を組み、相変わらずの怖い顔で壁にもたれかかっている。

「吉祥様。私は大丈夫ですので、宴席に戻ってください」

王弟である彼が長い時間席を空けるのはよくないのではないか。紫蘭はそう思うのだが、彼は取り合わなかった。

「馬鹿を言え。お前がそんな格好をしているのに、誰か入ってきたらどうする」

紫蘭に用意された舞いの衣装は、それは美麗なものだった。薄紫の小袖の上に豪華な打ち掛け。紺色の地の帯に白い絹糸で花模様が縫われている。結い上げられた髪にもきらびやかな簪《かんざし》がいくつも飾られていた。目元に朱化粧。そんなふうに艶やかに着飾った紫蘭を、吉祥が複雑そうな顔で見つめていた。

「俺以外の手でそんなにきらびやかに飾り立てられたお前を見るのは正直癪《しやく》だ。だが、美しいと思うのもまた事実だ」

この衣装は浅沙が用意し、女官達によって着付けられ、化粧も施された。

「……私は、このような格好は落ち着きません。浅沙様の命でなければお断りしていたことでしょう」

「確かに、今回のは少し派手すぎるな」

「お気に召しませんでしょうか」

「いや、俺はどんなお前も気に入る」

直裁《ちよくさい》に告げられ、紫蘭は羞恥に俯いた。簪の飾りがちり、と小さな音を立てる。そんな紫蘭の肩を抱き、吉祥が後ろから首筋に唇を寄せてくる。

「いい匂いだ」

「あ……」

こういった宴席で舞うのは初めてで緊張しているのに、よけいに緊張するようなことをしないで欲しい。心臓が保たなくなる。

「吉祥様、駄目です……」

「……ああ、すまない」

釘を刺されて、吉祥は紫蘭の肩から手を離した。するとそれを見計らったように人が入ってくる。

「紫蘭様。ご準備をお願いいたします」

「わかった」

慌てて外に出て舞台へと向かう。紫蘭が大広間に姿を現した瞬間、その場の空気が変わったような気がした。杯を口に運ぶ手を止め、呆然とした表情でこちらを見つめる招待客達。見られることには慣れている。それがどんな種類の人間であれ、舞う心には変わりない。紫蘭はいつも神や鎮魂のために舞いを奉納してきた。客を喜ばせる舞いなどわからない。だからいつも通りにやるしかないのだ。

舞台の中央に位置すると、楽の音が聞こえ始める。手にした神楽鈴を上げ、五色の飾り緒を靡《なび》かせて紫蘭は舞った。空気と一体になり、意識を溶け込ませる。足首につけた鈴が、しゃらしゃらと耳に心地よい音を立てた。

久しぶりだ。この感覚。

ここに来てからろくに舞っていなかったが、動き出したらすぐに身体が音に馴染んだ。物心ついた時からの習慣は、やはり自分に染みついているらしい。気持ちが透明に、穏やかになっていくのを感じた。四方八方から投げかけられる遠慮のない視線もまるで気にならない。

やがて楽の最後の音色が消え、紫蘭は動きを止める。

姿勢を正し、丁寧に礼をすると、広間のあちこちでため息の交じったどよめきが上がった。

「あれは誰なんだ？　なんだか尋常ではなかったが……」

「どうやら、吉祥殿下の伴侶らしいですぞ」

「伴侶？　側女ではないのか」

「しっ、聞かれたら首を撥《は》ねられるぞ」

控えの間に戻る最中に客の一部がそんな会話を交わしていた。紫蘭がそれに気づくことはなかったが、戻る途中で浅沙に声をかけられる。

「紫蘭殿、素晴らしい舞いをありがとう」

「陛下」

紫蘭は足を止め、浅沙に丁寧に礼をした。

「過分にお褒めいただき光栄です」

「うん、こちらで一杯飲んでいかないか」

誘われて紫蘭は少し戸惑う。先ほどの舞いのせいなのか、広間にいる者達の視線が痛い。だが国主である浅沙の誘いを無下に断るのも気が引けた。

「────兄上」

そんな紫蘭の背に、逞しい腕がすっ、と回された。

「紫蘭は神子であったために、酒には慣れておりません。ご容赦を」

「吉祥様」

紫蘭は思わず、ほっと息をつく。

「吉祥。伴侶を独り占めしたい気持ちもわかるが、客人の前だよ」

「紫蘭に舞いを舞わせたこと。それで紫蘭の努めは終えたはずです。兄上はこれ以上彼に慣れぬ負担を負わせるつもりか」

吉祥は一歩も退かない構えだった。これでは騒ぎになってしまう。浅沙の面子《メンツ》も潰れてしまうだろう。紫蘭は決死の覚悟で差し出された杯を受け取り、両手で一気にあおった。

「紫蘭！」

浅沙はびっくりして目を丸くし、吉祥は息を呑んだ。

「……っ」

喉が焼ける。そういえば酒など飲んだことがなかった。熱い液体が喉から胃に流れ落ちていくのがわかる。全身がカアッと温度を上げ、足がふらついた。

「紫蘭、大丈夫か」

背後から吉祥が支えてくれる。目の前の視界がぐるりと回り出した。

「兄上、もういいだろう。連れていく」

「あ、ああ……」

「行くぞ紫蘭」

吉祥に支えられ、紫蘭は大広間を後にした。廊下に出ると吉祥は紫蘭を抱き上げ、控えの間に連れていく。

「大丈夫か」

「……すみません、吉祥様……」

「水を飲め」

水差しから冷えた水を碗に注がれ、口をつけた。焼かれた喉に冷たい液体が心地よい。

「まったく、肝《きも》が冷えたぞ。何故あんなことをした。酒など飲み慣れてないだろう」

「あのままだと、事が大きくなると思いまして……」

火照った頬に冷えた碗を当てながら答えた。

「私が飲めばあの場は収まると思ったのです。ご迷惑をおかけして申し訳ありませんでした」

紫蘭の言葉に吉祥はじっと見つめてきた。

「……お前には敵《かな》わないな」

吉祥は再び紫蘭を抱き上げた。

「部屋に戻ろう」

「宴《うたげ》に戻らなくてよろしいのですか？」

「俺はもともとああいった場所にはほとんど顔を出さない」

今日はお前が出るから出てきた、という吉祥の首に、紫蘭は腕を回してぎゅっとしがみついた。

「酔ってるのか？」

「かもしれません」

遠くから宴の喧噪が聞こえてくる。けれど、今は吉祥と二人きりだった。


「――――もし」

その日、紫蘭は久しぶりに後宮から出てきて城の中を歩いていた。『芍薬』から来た神職が儀式の件で打ち合わせに来ており、その時に意見を求められたので城の執務棟まで出かけていたのだ。声をかけられたのは、その帰りだった。

「はい？」

振り返ると、桜苑国では見慣れない服装をしている男が立っている。若そうだが、ずいぶんと身分は高そうだった。

「あなたはもしや、先日の宴で舞いを舞われた方では」

「……そうですが」

「ああ、やはり！　身なりは違えど、その美しさは少しも変わらない」

男は急に近寄ってきて紫蘭の手を取る。驚いて思わず後ずさってしまった。

「ああ、失礼」

さすがに男も不躾《ぶしつけ》だと思ったのか、紫蘭の反応にばつの悪そうな表情を浮かべた。顔立ちは整っているほうだと思うのに、目の暗さが気になった。

「私はトレダーズ国のイェルンと申します。侯爵の爵位をいただいております。今は浅沙陛下のお許しをいただいて、こちらに逗留《とうりゅう》しておりまして」

どうやら男は客人としてここに留まっているらしかった。先日の宴で紫蘭の舞いを見たらしい。

「あなたの舞いは非常に美しかった。私はとても感銘を受けました」

「それはどうも、ありがとうございます」

「なんでも聞くところによると、あなたは後宮に住んでおられるとか。吉祥殿下の寵姫《ちょうき》でいらっしゃるのかな？」

「私は――……」

彼の伴侶である、とはっきり言うことを、その時紫蘭はためらってしまった。桜苑園ではあまり問題とはされないようだが、紫蘭は男だ。諸外国の中には同性同士の婚姻を禁じている国もあると聞く。トレダーズという国がそうであるのかわからないが、はっきりしない以上、伴侶だと言い切ってしまうことは吉祥の迷惑になりはしないだろうか。

だがそのためらいが、イェルンに誤解を与えてしまったようだった。

「どうでしょう。我が国にいらっしゃいませんか？　ここよりももっと贅沢な暮らしをお約束いたしますよ」

「は？」

この男は何を言っているのだろう。紫蘭はしばし理解できなかった。

「私の寵姫になりませんか」

「――お断りいたします。できません」

そう言われて、紫蘭は初めて理解した。この男は自分を望んでいるのか。

「何故です？」

「私は吉祥様のものだからです」

それだけははっきりと言わねば。愛人だと、寵姫だと思われたとしても、自分が彼のものであることには変わりはないのだから。

「吉祥殿下ですか……」

男はふむ、と思案げに顎に指を当てる。その仕草が芝居がかったように見えて好きになれなかった。

「わかりました。今日のところは退散いたしましょう」

紫蘭はほっとしつつも、やけにあっさりと引き下がったなと思った。

「わがトレダーズは桜苑国と負けず劣らず風光明媚なところですよ。あなたによく似合います」

男は優雅に一礼すると、廊下の奥へと去っていく。その背を一瞥《いちべつ》しながら、紫蘭は握られた手を自分の手でぎゅっと上から押さえ、反対方向へと足早に去っていった。


トレダーズの男のことは吉祥には話さなかった。紫蘭自身が口にも出したくないというのがあったし、大事にしたくなかった。

だが、自分が黙っていればそれで済むというのならいいのだが、あの男は諦めるとは言っていなかったような気がする。

しかし、いくら望まれても、ここから強引に連れ出すなどということはできるはずがない。仮にも王弟の伴侶であるのだ。

紫蘭はそう思って自分を納得させようとした。そんなことも知らぬ吉祥は相変わらず優しく接してくれている。

過去二人の妻が逃げ出したという夜伽《よとぎ》さえ、今では紫蘭もどこか心待ちにしているのだ。

浅ましい、そう思いつつも抱き寄せられれば燃え立ってしまう。

だがそんなある日、紫蘭は浅沙に呼び出された。

「お呼びでしょうか」

彼の執務室に呼ばれた紫蘭は、そこに困った顔の浅沙を見る。

「やあ、悪いね」

「何かありましたでしょうか…?」

「いや、少し困ったことになってね」

浅沙の表情には、常に浮かべられている軽佻《けいちょう》さのようなものがどこにも見受けられなかった。

笑みの消えた顔でこちらを見つめる吉祥の兄に、紫蘭は何か嫌な予感を覚える。

「トレダーズのイェルン侯爵と話をしたかい？」

「……はい」

「何を言われた？」

「自分の寵姫になるようにと」

「それで、当然君は断ったと」

「もちろんです」

「なるほど……」

浅沙は顎に手を当て、何やら思案げな様子だった。何かあったのだろうか。浅沙はしばらく考え込んでいたが、やがて口を開いた。

「いや、紫蘭殿の対応は当然のことだ。君は吉祥の伴侶であり、他の男の誘いに乗る必要はない。君は正しい」

そう言いつつも、浅沙の言葉には何かが含まれているようだった。

「では何故私をお呼びになられたのですか」

「それなんだが」

彼は椅子の背に身体を預けて言った。

「トレダーズは、我が国の農作物や絹糸を輸入してもらっている。いわば重要な取引相手だ」

「……はい」

「その国の要人が、君を所望《しょもう》してきた」

「――浅沙陛下は、弟君である吉祥様の伴侶である私をトレダーズに譲渡されるおつもりですか？」

紫蘭の中で沸々と怒りが込み上げた。自分を駒のように扱われることに憤っているのではない。

桜苑国の王位継承第二位、王弟である吉祥が伴侶を外国に差し出さねばならないのだとしたら、あまりに彼を軽んじている。それは紫蘭にとって我慢ならないことだった。

「陛下は、吉祥様よりもトレダーズのほうを重く見られると――」

「そうじゃないよ」

気色《けしき》ばんだ紫蘭に、だが浅沙は動揺しなかった。

「見かけによらず気が強いね。吉祥はそんなところも気に入っているのだろうな」

「……失礼、いたしました」

紫蘭はぐっと堪え、浅沙に謝罪する。自分のせいで吉祥に恥をかかせることになってはいけない。

「実は、イェルン侯爵だけではないんだ」

「は？」

「他にもいくつかの国から、紫蘭殿を娶りたいと言ってきている。例の夜会での君の舞いは、相当に強烈な印象を与えたのだと思うよ」

「しかし、それは……」

「ああ、私が君に頼んだことだ」

　浅沙はため息をついて続けた。

「私の責任でもある。だから君をどこか別の国に渡したりはしないよ。しかし」

　その後に続く言葉に、紫蘭は瞠目する。

「紫蘭殿には王宮を出てもらい、一人で離宮にて暮らしてもらう」

「――――」

　ここを出ていく。吉祥の許から離れて。そして、たった一人で暮らす。

「もちろん供の者はつける。不自由はさせないよ」

「ど、どうしてそのような！」

　何故自分だけがそんなことになるのか、紫蘭には理解が及ばなかった。浅沙の命を受けて舞いを舞った。自分は義務を果たしたはずなのに。

「君の言う通り、私の弟の伴侶である君を外《と》つ国へ渡してしまうことはできない。しかしそれでは済まなくなるほど君を欲しがる者が多いんだ」

「そんな者は、私の与《あずか》り知らぬことです！」

「そういうわけにはいかないんだよ」

浅沙は宥めるような口調で続けた。その響きは優しげだが、どこかに有無を言わせぬものがある。

「こうなったら、君をどこかに隠してしまう他はない。君自身が俗世を断ってしまったという形を作るしかないのだ。そうでなければ、弟に嫉妬が集まってしまう。君は知らず知らずのうちに傾国《けいこく》となってしまったんだ」

「……っ」

「すまないと思うよ。だがこれが最善の方法だと思う。君だって吉祥が暗殺されたりするのは本意ではないだろう?」

そんな、と思った。吉祥が自分のせいで命を落とすことになるなどと、考えたくもない。彼は強い武人だ。だが魔の手はどんな形で来るかわからない。戦場での戦いではあれば負け知らずでも、こっそり毒でも盛られたら?

紫蘭は項垂《うなだ》れ、がっくりと肩を落とす。

「承知……しました」

答える声はか細い。

「わかってくれたかい」

そんな紫蘭を、浅沙は同情するような表情で見つめていた。

「吉祥に見つからないうちに出立したほうがいい」

「お別れもさせていただけないのですか」

このまま会えなくなる。紫蘭は縋《すが》るように浅沙を見た。だが彼は首を振る。

「あれに知られたら、絶対に認めないだろう。吉祥には私から伝えておく。きちんと説得すればわかってくれるだろう」

紫蘭は唇を震わせた。もう、駄目なのだ。

「――――では、吉祥様にお伝えください」

涙が溢れそうになるのを必死で耐える。浅沙の前では絶対に泣きたくはなかった。

「私のことは、どうぞお忘れください。そして今度こそ、ふさわしい伴侶を見つけられますようにと。これまで、お心を寄せていただきありがとうございました」

こんなことで会えなくなるなんて思わなかった。もっとちゃんと素直に自分の気持ちと向き合えばよかったのだ。

(そうしたら、まだ後悔も少しは軽かったかもしれない)

だがもう遅いのだ。

紫蘭がそう告げた瞬間、背後の扉が開いて兵士達が入ってくる。彼らは紫蘭を連れていくのだろう。吉祥の知らないところに。

まるで罪人を引っ立てるようだと思った。

吉祥が軍の演習に行っている間に、紫蘭は城を出た。馬車に揺られ、周りを竹林に囲まれた小さな城に辿《たど》り着く。ここは浅沙が個人的に所有する離宮で、吉祥は知らないらしい。

紫蘭はそこで世話係という名目の監視者に傅《かしず》かれながら暮らす。その日々は空虚なものだった。

「それでは紫蘭様、今日はこれで下がらせていただきます」

「ああ、ありがとう」

側仕えの挨拶に返事をし、窓の外に浮かぶ月を眺める。内側から柔らかな光を投げかけているそれは、遙《はる》か天空にあった。

あの月明かりの下に、彼がいるのだろうか。

ここに来てから二ヶ月ほどが経ったが、紫蘭はいつもそんなことを考える。

吉祥は自分がいなくなって怒っただろうか。けれどどうか無茶は起こさないで欲しい。彼が健やかに暮らすことが、自分のただひとつの願いだから。

そしてどうか、新たな伴侶を見つけて、今度こそ幸せに――。

「……っ」

――――嘘だ。

そんなのは嘘だ。彼が自分ではない誰かを抱きしめるのだと思うと、胸が千切れそうな痛みが襲ってくる。息ができなくなる。あの逞しい腕が、意外に優しい笑みが、他の者に向けられてしまうなんて。

「……なんて、浅ましい……っ」

消えない欲を抱えているのは自分のほうだ。

あの日、彼に連れられて王宮に迎えられ、好きだと告げられたその日から、きっと自分は彼に捕らわれてしまった。もう二度と離れられなくなるほどに。

「……あっ」

身体の奥に感じる熱に、紫蘭は震える息を漏らす。そのまま力を失ったように寝台に横たわり、敷布を握りしめた。

吉祥に夜毎愛された身体は愛撫と熱い男根を欲して切なく疼く。淫らに躾けられてしまった肉体が恨めしかった。

「ん……っ」

夜着の間から手を差し入れ、股間のものを握る。途端にずくん、と快感が走り、寝台の上で背を反らした。手の中のものを扱くと、たまらない刺激が込み上げてくる。

「あ、う…っ、うぅんっ……」

彼はいつもこうして、紫蘭のものを優しく愛撫してくれた。時に意地悪をすることもあったが、紫蘭はそれらをすべて悦びとして受け止めていたのだ。

「き、ちじょうさま……っ」

刺激に飢《う》えていたそれは、紫蘭の拙《つたな》い指戯でもすぐに張りつめて勃ち上がる。こんな状況でも感じてしまう自分が心底恥ずかしかった。けれど、どうしようもない。吉祥に触れられない身体が勝手に彼を求めて鳴く。

「や、ア、うぅ…んんっ」

鋭敏な先端をくちくちと弄《いじ》ると、そこから愛液がとろとろと溢れ落ちた。

「あ、あ……、ここ、もっ」

片手を後ろに回し、双丘の奥を押し開く。そこは吉祥の雄を咥え込んでいた場所だ。丁寧に拓かれ、快感を覚えさせられた後孔に、つぷりと指を差し入れる。

「んっ、くぅっ、ぅんっ…！」

じいん、とした刺激が生まれ、奥のほうまで広がっていった。その感覚に縋りつくように、紫蘭は指を二本挿入し、自分の肉洞を弄る。

「あ、んぁっ、あっ、あっ」

（……いい。もっと、奥まで…っ）

けれど紫蘭の指は吉祥が愛してくれたところまでは到底届かなかった。

「や、あぁ…あ、もっとっ……」

もっと、欲しいのに。必死で指を動かすと快感は湧き上がるが、深い満足は得られない。紫蘭の腰が物欲しげに揺れた。それは見る者がいれば凄まじい情欲を覚えるほどに凄艶《せいえん》なものだった。

「んん、あう…あ、吉祥様…っ、挿れ、て…っ」

紫蘭はその場にいない男の名を呼ぶ。答える声はないとわかっているのに。そしてそんな紫蘭の拙い愛撫でも感じやすい肉体は絶頂を迎えるのだった。

「あっ、あっ…あ、いく、ぅっ…！」

どくん、と腰を突き上げる絶頂感。掌の中に白い蜜液が噴き上がる。

「は、あっ、あ…っ」

吉祥に抱かれる時は多幸感に包まれる極みの後も、今は虚《むな》しさが押し寄せるだけだった。荒い息をつきながら濡れた手を拭おうと身体を起こした時。紫蘭は部屋の入り口に何かの気配を感じる。

「誰だ！」

問いかけると、薄闇の中から男が姿を現した。

「……お前は」

「紫蘭様」

男は下働きの一人だった。名前は知らないが、城から来たわけではなく確かこのあたりで雇われた男だ。

「何用だ。それ以上入ってくるな」

紫蘭は着乱れた夜着を慌ててかき合わせる。男はにやにやとした笑みを浮かべてゆっくりと近づいてきた。

「紫蘭様。俺は聞いたんです。なんでもお城の偉い方の愛人だったけど、捨てられちまったんでしょう?」

「――――」

その言葉に胸の奥をぎゅっと鷲摑《わしづか》みにされたような衝撃を覚える。

「それで毎晩疼く身体を持て余しているってわけだ。お可哀想に――――。俺が慰めてあげますよ」

「痴《し》れ者が――――! 近寄るな」

紫蘭の拒絶の声をよそに、男は無遠慮に近づいてくる。

「遠慮することはねえですよ。俺はちょっとした手練れなんです。今まで村の女を何人もヒイヒイ泣かせてきた。ほら」

男は衣服の中から自分の逸物を取り出す。その醜悪なものを見ていられず、紫蘭は視線を逸らした。

「その醜いものを早くしまえ」

「そんなこと言っていいんですか？　これが欲しかったんでしょう？　ご自分で慰めるくらいに」

聞かれていた。紫蘭はカアッと顔と身体を熱くする。男はいよいよ距離を詰めてきて、寝台の上の紫蘭に手を伸ばしてきた。

「俺が抱いてあげますよ。満足させてやれ――」

男の言葉が途中で止まった。大きく見開かれた目で、自分の喉元に突きつけられた刃を見つめている。

「死にたくなければ、今すぐにここから出ていけ」

紫蘭の手にした短刀の切っ先が男に向けられていた。紫蘭は神に奉職していた者である。殺《せっ》生《しょう》沙汰《ざた》が許されるわけがない。それでも、今この身体を男に好きにされるくらいなら、男を殺して自分の命の始末もつけるつもりだった。

「ひ――」

紫蘭の決死の覚悟に本気を感じ取ったのか、男は慌てて自分のものをしまい、逃げるように部屋から出ていった。

「────」

はあ、はあと息を乱し、紫蘭はしばらくそのままの姿勢から動くことができなかった。いつ男が戻ってくるかもわからないからだ。だが建物の中には沈黙が満ちて、誰も紫蘭の部屋に入ってこようとはしなかった。

「……っ」

手から短刀が滑り落ち、床に落ちて鈍い音を立てる。

「う、う……っ」

奥歯を食い締めて堪えようとした。けれどそれも叶わず、大粒の涙が紫蘭の瞳から溢れて落ちる。

惨めで、悔しい。

けれど紫蘭が一番つらかったのは、犯されようとしたことよりも、自分が一人なのだとこれ以上ないほどに思い知らされた現実だった。

緩やかな幽閉生活は、永遠に続くかと思われた。ただ無為な時が流れていくうちに、紫蘭もそれに慣れていく。退屈もその気になれば飼い慣らせるものだ。そんなふうに思っていた時、その日々は意外な形で破られることになった。

「――ですから、ここはお通しできません」

「どうかお帰りください」

屋敷の入り口が何やら騒がしい。何事かと部屋から出ていってみると、側仕えの一人が慌てて紫蘭を押し戻した。

「こちらへ来てはなりません」

「何があった?」

「なんでもございません、どうか、どうか――」

「――紫蘭!!」

その時、聞き慣れた怒号のような声が耳を貫いた。それが誰なのか、一瞬信じることができず、それでも恐る恐る声のしたほうへ視線を向ける。

「あ――」

そこにいたのは吉祥だった。紫蘭が夢にまで見た男だった。入り口を突破してきたらしい彼は、血相を変えて紫蘭を見ている。

吉祥様――――。どうして。

驚きと喜びが紫蘭の中で激しくぶつかり合う。ああ、彼は変わらず偉丈夫で、震えるほどに男ぶりがよかった。紫蘭は今すぐに駆け寄り抱きつきたい衝動に駆られたが、裏腹に足が後ろに下がった。

今ここで吉祥と会ってしまったら、彼の立場が悪くなるかもしれない。

そう思った時、紫蘭は身を翻《ひるがえ》し、自分の部屋へと駆け込んだ。

「紫蘭!!」

吉祥が追いかけてくる。捕まる寸前で扉を閉めて鍵をかけた。背を向けると、激しく扉を叩く音が聞こえる。

「紫蘭!!　ここを開けろ!!」

「――――なりません。お帰りください」

「お前までそんなことを言うのか!」

「あなたのためです!!」

叫ぶように言うと、扉を叩く音がぴたりとやんだ。次に静かな声が聞こえてくる。

「紫蘭、開けろ」

その深い怒りに満ちた響きにびくりと肩が震えた。彼は本気で怒っている。それも当然かもしれない。

「開けないと、扉を破壊するがいいか」

「……」

それは困る。

紫蘭は観念して扉に手をかけると、静かに開いた。俯いて吉祥の顔を見ないままで。そのまま背を向けて部屋の奥に入っていくと、彼が追うように駆けてきて、紫蘭を背後から抱きしめた。

「何故俺を見ない」

「……」

「俺のことが嫌いになったのか」

そんな言い方はずるい。嫌いになどなるわけがないではないか。紫蘭はゆっくりと振り返り、彼のほうを向いた。

「お帰りになってください。こんなことをしてはなりません」

「兄に何か言われたんだろう」

「私の存在が、吉祥様の仇《あだ》となりましょう」

「――――馬鹿なことを言うな!」

怒気を孕んだ大きな声に、紫蘭の身が竦む。すると彼は慌てたように「すまない」と謝った。

紫蘭が首を振ると、彼は言葉を選ぶようにして続ける。

「お前に会って、俺は初めて自分がぐちゃぐちゃになるような感覚を抱いた。片時も離したくないと思えるような存在は初めてだ。紫蘭、お前から引き剝《は》がされて、俺が身も心も裂かれるような思いだったのを知らないだろう」

「そんなのは……私とて同じことです」

紫蘭は震える声で告げた。

「浅沙様に城を出ていくように言われた時、あなたと離れたくないと思いました。けれど、あなたに迷惑がかかるどころか、暗殺の危険まであると言われれば――、こうするしかなかったのです」

「俺がむざむざと暗殺などされると思うか」

「わかりません。けれど、絶対はない」

紫蘭は強く抱きしめられた。彼の腕の強さが身体中に伝わってくる。ずっと待ち望んでいた感覚。これでは紫蘭は抵抗できない。

「馬鹿だな」

「……馬鹿は、吉祥様ですっ……」

とうとう虚勢が崩れて、紫蘭の瞳から大粒の滴《しずく》が零れた。

「……やれやれ、ひどい言われようだな。あんな伝言を残しただけで黙って出ていったお前に会ったら叱《しか》りつけてやろうと思っていたのに……、これでは怒れん」

頭を優しく撫でられる。触れられたそこから、熔けてしまいそうだった。

「兄の言うことは気にするな――。と言っても無理だろうな。だから、俺も今日からここで暮らす」

吉祥の言葉に、紫蘭は濡れた瞳で彼を見上げた。そんなことが許されるのか、と問う。

「俺はこれまで真面目に働いてきたつもりだ。国のためにも、兄のためにも。それなのにたったひとつの願いも叶えられないというのであれば、正直やる気もなくすというもの。俺がここに留まればそのうち兄が何か言って寄越すだろう。それを待つ」

こちらから動くのは得策ではない、と彼は言った。吉祥はあの浅沙と本気で交渉するつもりなのだ。

「本気ですか」

「こんなこと本気じゃなくてどうする」

彼がそう言うと、なんとかなりそうな気がするから不思議だった。あの日、城を出る前に吉祥に会っていれば、自分は今ここにいただろうか。そう考えると、浅沙の判断は正しかったといえるだろう。

「紫蘭」

「……っ」

再び強く抱きしめられ、紫蘭は熱い吐息を漏らす。

「ずっとこうしたかった」

「私も……です」

間もなく彼の唇が重なってくる。最初から深い口づけに、紫蘭は目眩を堪えることができなかった。


「ん、う…んっ、んん……っ」

さっきから息も止まれとばかりに口吸いが繰り返される。寝台に組み伏せられ、せわしなく衣服を乱され、触れ合った肌の感触に熔けそうだった。

「は、ア、ぁん、あ…ん……っ」

舌を突き出してくちゅくちゅと絡ませ合う。ひどく淫らな行為だった。触れ合った下肢を互いにゆるゆると擦り合わせ、じわじわとした快感がやってくる。

「……口吸いだけで暴発しそうだ」

「ん、う、うう…んっ」

彼のものが自分のそれに触れて、擦られる毎にたまらなく感じてしまう。吉祥の男根はまるで焼けた鉄の棒のようだった。互いの裏筋が触れ合って、紫蘭の腰がはしたなく振り立てられる。

「一度出しておくぞ」

「っ、あっあっあっ……！」

吉祥の大きな手で互いの股間を一纏めにされ、彼は大胆に腰を使ってきた。すると紫蘭のものが強く刺激されてしまい、思わず嬌声が上がってしまう。

「や、だ、め、あっイくっ、いくううっ…！」

最初からそんな強烈な快感を与えられてはこの先保たない。けれど吉祥は制止の願いを聞いてくれず、紫蘭はたちまち絶頂に追い上げられた。

「は、う、あぁぁあ…っ」

「く……っ！」

ほとんど同時に二人は果てた。二人分の精が下にいる紫蘭の腹から胸にかけてを白く汚す。

「……ふ。これで二回目はしばらく保つぞ。お前をたっぷりと悦ばせてやれる」

「あ、あ……」

この後彼を受け入れた自分がどれだけめちゃくちゃにされるのかを想像して、腹の奥がきゅうっと疼いた。

「お前がいない間、お前を思って何度も抜いた」

「……っ」

ひくり、と紫蘭の喉が動く。抜いた、というのは自慰のことだろう。紫蘭自身と同じことを彼もしていた。

「お前は？　教えてくれ」

「んあっ」

胸の上でつんと尖った乳首を舌先で転がされ、紫蘭は上体を反らした。もう片方も指でくりくりと弄られて異なった快感に襲われる。

「紫蘭」

「あ——…」

愛撫されながら促されて、紫蘭は覚悟した。自分のはしたなさを白状しなくてはならないのだ。

「わ、私、もっ…、しましたっ…、自分で…っ」

「これを、自分で扱いたのか？」

吉祥の太股で、さっき達したばかりの肉茎を刺激される。

「んあぁっ…、は、はいっ…、イくまで、扱き、ました……っ」

「後ろは？」

紫蘭は自身の唇を舐めた。

「後ろも、指で…、で…でも、ぜんぜん、足りなくて……っ」

自分の言葉に煽られ、どんどん昂ぶってくる。

「ずっと、挿れられたくて…っ、おく、まで、吉祥様の、これ…っ」

今度は紫蘭が吉祥のものを太股で挟んだ。すると喉の奥から呻くような声が降ってくる。

「丁寧に抱こうと思っていたんだが、クソッ…！」

「え、あ、あぁぁあ…っ！」

紫蘭の肉体を脳天まで快感が貫いた。下肢を大きく広げられ、その間に吉祥が顔を埋めてくる。ずっと張りつめっぱなしの肉茎を口に咥えられ、じゅううっと音を立てて吸われて、頭の芯が痺れそうだった。

「っ、あっ、あっ……！」

(力が、抜ける)

紫蘭のものは吉祥の口の中でびくびくと悶え、脈打つ。ぬるぬるとした熱い感触がねっとりと絡みついてきた。背中をぞくぞくと波が駆け上がる。

「ああっ…、ああっ、そ、こっ、吸われる…と…っ」

火照った内股がひくひくとわなないた。腰から下が自分のものじゃないみたいで、なのに感覚だけが鋭敏になっている。

「お前は吸われて舐められるのが大好きだったろう？」

「ん、んあぁぁああ」

裏筋をくすぐられ、紫蘭は尻を浮かせて喘ぐ。恥ずかしいのに、彼の言う通りだった。

「き、きもち、いい…の、我慢、できな……っ、あっ、あぁ――……っ」

快楽に屈服してしまい、紫蘭は吉祥の口の中に白蜜を弾けさせてしまった。彼にこんなことをさせてしまう、と紫蘭はいつも申し訳なく思うのだが、吉祥はそれをためらいもなく飲み下してしまうのだ。

「あ、ふ…っ、ああ」

肉厚の舌が、達したばかりのそれにまた舌を這わせてくる。

「あ、あ、ひ…いっ」

快楽が強すぎて苦しい。なのにもっとして欲しかった。

「んぁ、うう…あっ、あっ、い、いい、いい……っ」

ちろちろと先端を虐められ、下半身に痙攣が走る。紫蘭のものは、今や吉祥にたっぷりとしゃぶられてしまっていた。根元まで咥えられて吸われたかと思うと、鋭敏な場所を舌先でくすぐるように虐められる。脚の付け根はもうずっとぶるぶると震えていた。

「あ、は、あ、お、かしく、なるうっ……！」

「まだまだ。これからだ。お前を徹底的に愛し尽くしてやる」

吉祥はそう言うと、双丘の奥の窄まりに指を挿入してきた。

「あんううっ」

ずっと挿れられたかったそこは、吉祥の指だけでも嬉しそうに絡みついていく。にちゅ、にちゅっ、と音を立てられながら内壁をまさぐられるだけでも感じてしょうがないのに、同時に前の肉茎も口で吸われた。

「んぁああ…っ、あっ、あぁぁあ……っ！　そん、な、一緒、は…っ！」

前と後ろを同時に嬲られる強烈すぎる快感。紫蘭の上体が寝台の上でのたうった。汗に濡れた喉が何度も仰け反る。

「ひ、ひ…ぃ、ああ、は、くうぅうんっ……！」

いつの間にか二本に増えた指が肉洞の中でばらばらに動いた。時折弱い場所を押され、頭の中が真っ白になってしまう。

「や、うぅ…っ、ううっ、あ、また、いく、いくっ……！」

「何度でもイくといい。お前の好きなところも弱いところも全部可愛がってやる」

「あっ、そん…な、あっ、アっ！　……あぁああ〜〜〜っ！」

全身が痺れる甘い絶頂が紫蘭を包む。今のは後ろでイったのか前でイったのかわからなかった。足の爪先まで甘美な毒に浸されたようだった。そして息も整わないうちから、また濃厚な愛撫に喘がされる。何度かイって身体中敏感になっているというのに、我慢できないほどの快感を味わされた。紫蘭の理性が砂糖のように甘く崩れていく。

「んあ、ああっ、きもち、い…ぃっ、吉祥様のっ…、指も、舌も……っ」

「可愛い紫蘭……、気持ちがいいならもっとしてやろう」

「ふぁあっ、ああっ、それ、あっ、ああ――…っ！」

じゅううっ、と先端を吸われ、同時に中を指でかき回されて、紫蘭はまた耐えがたい極みを味わわされた。足の指がすべて開ききり、わなわなと震える。

「ああ、あっ…！　せつ、ない、奥がっ……」

彼の長い指でも、紫蘭が本当に欲しいところまでは届かない。下腹の奥がひっきりなしに収縮し、もっと大きな熱を求めていた。

「お、おねがい、です。もうっ、もう、下さいましっ……！」

紫蘭は我を忘れ、自分の双丘を両手で押し開いて最奥を曝け出した。縦に割れた肉環が吉祥の指を咥えたままひくひくと蠢いている。彼の指がゆっくりと引き抜かれると、そこは物欲しげにばくばくと開口を繰り返した。凄まじく淫らな眺めだった。

「俺もお前がずっと欲しかった。だから一度挿れたらもう止まらん。お前が泣いて喚いても許してやれぬと思うが、いいか?」

惚けた頭の中に響いた言葉に、紫蘭はふっと微笑んだ。

「私が泣いて許しを乞うても、あなたがやめてくださったことがありますか……?」

すると彼はばつが悪そうに苦笑し、火照った頬に乱れかかる黒髪をかき上げる。

「お前には敵わないな。その通りだった。すまん」

恐ろしいほどにいきり立ったものの先端が待ち侘びた入り口に押し当てられる。紫蘭の喉がひくりと震えた。

「ん、アっ、くうあああ…っ! 〰〰〰っ!」

ずぶずぶと一気に奥まで這入ってきたそれに、紫蘭は耐えられずに達してしまう。太いものを思いきり締めつけ、びくびくと身体を痙攣させた。

「…ああ、イってしまったか」

吉祥が心地よさそうに喉を鳴らす。彼の腰がゆっくりと律動を刻み始めた。

「は、ひ…っ、あっ、まだ、イってて…っ」

絶頂が退かないうちに中を穿たれる快感に、紫蘭の身体が無意識に逃げを打つ。だがそれを許してくれる吉祥ではなかった。大きな手で腰を鷲摑みにされ、責めるように突き上げられる。

「んんあぁああっ」

またイってしまいそうになるが、今度はかろうじて耐えた。だが無駄なことだ。そのままずんずんと内奥にぶち当てられ、結局負けてしまう。

「あっあっあっ、くううう…っ！」

「紫蘭…、どうだ、こうされたかったのか」

限界まで身体を開かれ、吉祥の巨根でみっちりと肉洞を拡げられて喘ぐ紫蘭に熱い囁きが降ってきた。紫蘭はよがり泣きながらもこくこくと頷く。

「あ、は…、はいって、る…っ、吉祥様の…っ、奥、すごく、て…っ」

「俺もずっとこうしたかった。お前の中も、熱くて絡みついてきてすごい……」

しがみついた吉祥の逞しい肉体が火を噴きそうに熱くて、炎に抱かれているようだと思う。快楽だけではない悦びが紫蘭の胸を締めつけ、涙が止めどもなく溢れた。深く口づけられ、舌を強く吸われて甘く呻く。

「ん、んん…っ、んふ、んぁ、あ…っ」

口を合わせながらの抽挿に腰が蠢いた。下腹の奥がずっと甘く痺れていて、そこをかき回されるのだからたまらない。

「ああっ、ああっ……！」

耐えられずに仰け反ると、乳首に軽く歯を立てられる。胸の先から全身へと走る愉悦に奥がまた締まった。

「紫蘭、奥に挿れさせてくれ」

「ん、え……？」

吉祥の言っていることがよくわからなかった。今も奥に這入っているではないか。

「この、奥だ」

「ひあっ、あっ！」

彼が自身の先端で最奥の壁を軽く叩く。その時に走った甘い衝撃に思わず悲鳴じみた声が漏れた。紫蘭はこれまでの経験からなんとなく感じている。この奥がどうなっているのかはわからないが、きっと死ぬほどの快感がやってくるだろう。自分はそれに耐えられるだろうか。

「吉祥様は…、這入りたい、ですか？」

「ああ、這入りたい。お前のすべてを俺のものにしたい」

ああ、なんと強欲な男だろう。

けれどここまで求められるのは幸福なことではないだろうか。

「私が、どんなになっても…、嫌わないでいてくださいますか」

今でさえ相当の痴態を晒している。彼に呆れられてしまうのは嫌だ。だがそう告げた紫蘭に対し、吉祥は当たり前のように言うのだ。

「何を言う。理性を失ったお前はこんなに可愛いというのに」

「……っ」

そう返されては、紫蘭はもう抗えない。了承の代わりに彼の首に腕を回すと、吉祥の唇が優しくこめかみに押しつけられる。

「楽にしていろ」

「あ……っ」

ぐり、と凶器の先端がそこに当てられた。びくん、と身体が跳ねる。それに構わず、吉祥が最奥をこじ開けた。

「〜〜〜っ！」

身体の中で、ぶわっ、と快感が爆発する。紫蘭は一瞬で絶頂に呑み込まれた。がくがくと身体が震える。快楽のあまり声が出ないなんて、初めてのことだった。

「————っ、ぁ————〜〜っ！　〜〜っ」

「ああ、紫蘭…、イってるんだな、愛《う》い奴め…」

紫蘭の最奥の媚肉が吉祥のものに絡みつき、吸い上げていた。だがその動きは紫蘭のほうにも死ぬほどの快感をもたらす。ずっと達しているような感覚。

「紫蘭…っ、出すぞ、一番奥に…っ」

「あ、き…て、いっぱい、出して……っ」

やっとのことでそう訴えると、吉祥は腰を震わせ、獣のように呻いて熱い迸りを叩きつけた。

「ふ、あ――――…っ」

身体が浮いて、どこかへ飛んでいってしまう。続いて落ちていくような感覚に襲われて思わず腕を伸ばすと、吉祥が強く抱きしめてくれた。

果てのない充足感に恍惚となりながら、紫蘭は久方ぶりに心から満たされていくのだった。

それから、吉祥は本当に屋敷に逗留した。

紫蘭が「城に戻らなくていいのか」と問うも、彼は「今は動かないほうが得策だ」と答える。吉祥にも何か考えがあるのかもしれない。屋敷の下働きの者達は戸惑っていたが、紫蘭が心配はないことを説明すると、はりきって二人の世話をしてくれた。

そして紫蘭達は、これまでの会えなかった日々を取り戻すかのように、昼となく夜となく絡み合っている。

「ん……っ、はあ、あっあ…っ」

ぬぷ、ぬぷという音を立てて、吉祥のものが紫蘭の内部に出入りしていた。背後から腰を抱かれ、ゆっくりとした抽挿に、身体中がぞくぞくする。

「どうだ、これは、気持ちいいか……？」

「んあ、あ…っ、ゆっくり、するの、いい……っ」

吉祥が前後に動く度にずろろろ…っ、と内壁が擦られ、ひくひくと蠢いてしまう。

「ああ…っ、や、また、いく、イく…っ」

紫蘭はこの状態ですでに二度達していた。前戯でも一度イっている。吉祥がここに来てからずっとこんなことをしていて、あまりの自堕落《じだらく》さに後ろめたさを感じていた。けれど求められるのは嬉しいし、快楽は嫌ではない。自分はこんなに淫らな人間だったのかと思う。

「こっちも可愛がってやろう」

「んぁあっ、だめ、だめ……っ！」

前に回された手が紫蘭の肉茎を握り、優しく扱いてくる。先端から愛液を溢れさせ、震えていたそれは彼の手で擦られてくちゅくちゅと音を立てた。

「だ、だめ、になる、まえも、うしろも……っ」

「いいぞ。一緒に駄目になろう」

律動が深くなる。これまでとは打って変わって奥を小刻みに突かれ、紫蘭はたちまち我を忘れた。

「んぁあっ、あっ、あぁぁ……っ！」

「ぐっ……！」

絶頂を極めた紫蘭の締めつけにより、吉祥も道連れにされる。体内を満たす彼の精に、紫蘭はああ…、と浅く喘いだ。

「紫蘭……っ」

名を呼ばれて振り返り、口づけを交わそうとしたところで、部屋の扉を叩く音が聞こえた。

「なんだ」

吉祥が不機嫌そうに返事をする。すると扉の外で、意外な声が聞こえた。

「私だよ。話をしたい」

「――――っ」

浅沙だ。紫蘭はびくっ、と身体を震わせる。よりによってこんな時に。

「あっ、吉祥様、ぬいて、抜いてくださいっ」

「わかったから、大人しくしていろ」

慌てる紫蘭を宥め、吉祥は自身を引き抜く。それからは大変だった。吉祥が上半身裸の上に羽織だけを引っかけて扉を開けた時、紫蘭は急いで後始末をしていた。

「――――まったく。廊下の向こうからでも声が聞こえてきたぞ」

「聞くな。もったいない」

吉祥は紫蘭の姿が見えないよう、自分の身体で隠してくれている。

「広間で待っているから、服を着てこい」

「わかった」

吉祥がそう言うと、浅沙はいったんその場を離れていった。吉祥は紫蘭を振り返る。

「どうする。一緒に来るか？　大丈夫か？」

「参ります――――。少し待ってください」

衣服を着る。髪を結う時間はない。浅沙をあまり待たせるわけにはいかない。それにしても、直前まで交わっていたことを知る相手と顔を合わせるのはひどく気まずい。だが、吉祥だけに任せるわけにはいかなかった。生意気と思われようと、これは自分達のことだから。

どうにか身支度を調え、屋敷の広間へと向かう。大きな卓の前に浅沙が座っていた。

「遅いぞ」

「急に来るほうが悪い」

吉祥からは一歩も退かないという構えが感じられる。紫蘭は一礼すると、吉祥の後で席についた。王宮から誰かが来るとは思っていたが、まさか浅沙本人が来るとは。

「敵から鬼だの獣だのと恐れられている吉祥将軍とは思えないな。一日中か」

浅沙の口調はやや呆れかえっていた。

「何せ、離れていた間が長かったんでな。止まらない」

吉祥の言葉に紫蘭は顔を赤らめる。

「で――――、どうするつもりだ」

「お前がここまで盲目になるとは思っていなかった。それは私の誤算だよ」

浅沙はこうなった原因の経緯を話し出した。紫蘭を欲する諸外国の声を受け、紫蘭がここへ幽閉されたことで当然抗議はあったが、そういう仕儀なら無理に手元に置くことはできないだろうと、どの国も諦め気味だった。

「それなのにお前ときたら、独断であんな親書を出すなんて。私がどれだけ後処理に骨を折ったと思っている」

「……？」

話が見えない。紫蘭が吉祥を見やると、彼は肩を竦めて口を開いた。

「当然のことだろう。伴侶を寄越せなどと言われたら、正式に断るしかない」

なんと吉祥は、紫蘭を望んだ国すべてに対し、各国の王族に宛てて厳重に抗議をする文書を出したというのだ。もしもの場合には、軍を動かす可能性もほのめかして。

「たまたまうまく転がったものの、万が一のことがあったら――――」

「その場合は俺の私兵を動かすつもりでいた。問題はない」

「お前は桜苑国を戦火に巻き込むつもりか⁉」

「その原因を作ったのは他でもない、兄上だろう！　トレダーズのことにしたって、毅然として断ればよかったはずだ。それを方々にいい顔をしようとして、紫蘭を傷つけた」

「――――吉祥様。私は平気です」

「俺が平気じゃない」

即答されてしまい、紫蘭は言葉に詰まった。

「この数ヶ月、俺がどんな思いで捜し回ったか……。見つからなければ出奔《しゅっぽん》することも考えていた」

吉祥の言葉に浅沙はため息をつく。

「まあ、他国の王族の伴侶を望む時点で、非は向こうにある。しかし……」

「兄上とて、月下殿を望まれたら、同じことをするでしょう」

「いや、私はもっとうまく立ち回るよ」

「今回悪手中の悪手を打ったことで、それはいささか説得力がない」

どうやら浅沙は分が悪いようだった。

「紫蘭殿、すまなかったね。君には悪いことをしてしまった」

「……では、私は……」

「吉祥と一緒に城に戻ってきなさい」

桜苑国国主の言葉に、紫蘭は瞠目する。彼と帰れる。また共に暮らせる。

「それと、君にはもう公の席で舞いは舞わせないよ。またこんなことになったら面倒だからね」

「――はい」

よかった。自分の舞いは、彼だけに見てもらえる。紫蘭はほっと胸を撫で下ろした。

「では、さっそく戻ってくるように」

「もう、か。俺はもっと紫蘭とここにいたいんだがな」

「――駄目です。吉祥様には大切なお役目があります」

「今の俺の役目は、お前の伴侶として在ることだ」

そんなことを言われると、困ってしまう。どうしても嬉しいと思ってしまって、彼を窘められなくなってしまうのだ。

「……ちゃんと王宮で、あなたの伴侶としての役目を、私も果たします」

ですから、と告げられ、吉祥はそれで機嫌を直したようだった。近いうちにここを発つと浅沙に約束した。

「なるほど。吉祥の扱いは紫蘭殿のほうが格段にうまい。弟には君が必要だな」

浅沙は微妙な顔をして言った。

「困った弟だが、これからも手綱《たづな》をとってやってくれ」

「そんな」

紫蘭は恥ずかしくなってしまい肩を竦める。だが、彼の言うことにも一理はあった。

吉祥は紫蘭のことになると平気で国を捨てかねない。その事実が今回のことでわかった。それでもそんな彼を愛おしいと思ってしまうのだから、自分も困った人間なのかもしれない。

紫蘭は吉祥を見つめ、ふんわりと笑うのだった。

喧嘩の仲裁

紫蘭《しらん》はやや緊張した面持ちである部屋の前に立っていた。だが意を決したように顔を上げ、目の前の扉を叩く。すぐに扉は開けられ、側仕えが顔を出した。

「紫蘭様、ようこそおいでくださいました。月下《げっか》様があちらでお待ちです。どうぞ」

「ありがとう」

紫蘭は部屋に入り、奥へと通された。大きな窓の近くに卓が置かれ、その上に様々な茶器と菓子、果物、そして花が置かれている。

「ようこそ、紫蘭殿」

「本日はお招きに与りまことにありがとうございます、月下様」

紫蘭を招いたこの部屋の主は桜苑国国主である浅沙《あさざ》の正妻、月下だった。浅沙は紫蘭の夫である吉祥《きちじょう》の兄。その妻となれば、義理の姉ということになる。

「堅苦しい挨拶は抜きにして、お座りになって」

「はい、失礼いたします」

紫蘭は促され、席に着いた。彼女はにこやかな表情で紫蘭を見ている。月下は馥郁とした薔薇のような美女だ。浅沙との夫婦仲はよく、世継ぎにも恵まれた。そんな彼女は、どうやら義理の弟の伴侶である紫蘭に興味を抱いているようなのだ。紫蘭達の婚姻による騒動が落ち着いた頃、茶の席に招待された。

「そんなに緊張しないで」

「申し訳ありません。その…女性の方と面と向かってお話しすることには慣れていないので」

「ああ、そういえば、紫蘭殿はもともと神子だったわね」

月下はくすくすと笑っている。

「なのに突然吉祥殿に娶られて、さぞ驚いたのではなくて？」

「はい、最初は何が起きたのかと思いました」

紫蘭は当時のことを素直に話し出した。あの時は、今こんなふうに過ごしていることなど予想すらつかなかった。

「私は『芍薬』に残るつもりでしたので……。お城に上がって吉祥様に添うことになるなんて、不安でいっぱいでした。その……怖い方だと思っていたので」

「確かに、吉祥殿は見た目がまるで鬼神のような御方ですものね」

「はい。でも……優しい方でした」

微かにはにかむように言うと、月下の朱唇が笑う。

「お可愛らしいこと」

そんなふうに告げられて、紫蘭は恥じ入ってしまった。

「けれど貴方達は相性がよかったのでしょうね。色んな意味で」

月下の意味ありげな言葉に、紫蘭は首を傾げる。

「夜も仲睦まじくなさっているみたいですし」

「――――！」

紫蘭は危うく持っていた茶碗を落とすところだった。顔に一気に血が上る。

「芍薬の神子といえば清童……。それが、あの吉祥殿の相手を務めることができるなんて。やはり美しくともおのこということかしら？」

「げ、月下様……！」

「ぜひ詳しく聞きたいわ。そこのところを」

月下の目には好奇心の色がありありと見て取れた。紫蘭はどう答えていいものか困り果てる。

そんなことは人に言えるものではない。

「紫蘭殿だけ話すのが不公平だとおっしゃるなら、わたくしも陛下との閨事を教えて差し上げてもよろしくてよ」

「そっそれはっ…、結構ですっ」

「あら、そう」

そう言って月下はころころと笑った。からかわれているのだとはわかっているが、どう反応していいものかわからない。

「――まあ、それはさておき」

彼女は笑うのをやめ、すっと背筋を伸ばした。すると月下の周りに威厳のようなものが漂って、紫蘭も知らず姿勢を正す。

「陛下は弟君のことを案じていらっしゃった。先日のことはそれ故の勇み足だったと反省なさっておられます。どうか許してあげてくださいね」

先日のこととは、桜苑国国主である浅沙が、紫蘭に一人離宮に移るように言った件だろう。

「わかっております」

今度は紫蘭が即答した。

「私も、自分が吉祥様の伴侶としてふさわしくないのではと思い込んでいました。勇み足だったのは私もです。叱られました」

「あらあら、どんな叱られ方をなさったのかしら。教えてくださらない？」

またひやかされて、紫蘭が恐縮した時だった。

「――それは、月下殿の頼みといえども難しいですな」

ふいに低い声が聞こえて、紫蘭は咄嗟に振り返る。

「吉祥様」

そこには紫蘭の夫である吉祥が憮然《ぶぜん》とした顔をして立っていた。

「相変わらず怖い顔をしておいでですね、吉祥殿」

「失敬。顔は生まれつきでしてな。お許しいただきたい」

「まあ、そんな顔をして生まれてくる赤子がいたら大変ですよ」

軽口の応酬を見守っていると、月下は吉祥に椅子を勧める。彼が紫蘭の隣に座ると、すかさず給仕の者が吉祥の前に茶器や皿を置いた。

「今日は義姉上《あねうえ》がこれをご招待いただいたということで、気になって来てしまいました」

「相変わらず過保護ですね。独占欲が強いというのかしら？　束縛する殿方は嫌われてよ」

吉祥を怖いと言いつつも物言いは遠慮がない。さすがは桜苑国の正妃といったところか。遠慮のない月下の舌鋒に、吉祥のこめかみがぴくりと動いた。

「それは紫蘭に言われた時に改めるとしましょう」

「束縛はないと思います」

咄嗟に言ってしまうと、ふたつの視線がこちらに向けられる。だが今更後には引けなかった。

「吉祥様は、私が望んだことはやらせてくださいます……ちゃんと」

最初は誤解があった『芍薬』への行き来もできるようになった。吉祥は確かに独占欲が強いのかもしれないが、紫蘭のことを決して束縛したりしない。それだけは彼の名誉のために言っておかねばならないと思った。

「あら…、そうでしたの」

月下は笑いを堪えるような表情を浮かべる。吉祥はといえば、呆気にとられたような顔をしていた。差し出がましかったろうか。

「せっかくお二人お揃いになったのですから、新婚生活の話など聞きたいものですわね。でも吉祥殿は三回目ですから、さすがにもうそんな気分ではないのかしら？」

そうだった。紫蘭にとっては誰かに添うのは生まれて初めてのことだが、吉祥はそうではない。もう三度目なのだ。紫蘭と同じ気持ちではないだろう。

「いえ、結婚したのだとしみじみ思えたのは、今回が初めてです」

（えっ――――）

その言葉を聞いて、紫蘭は彼の隣で心臓を跳ねさせた。変な顔をしたりしなかっただろうか。

彼が自分と同じ気持ちだったと知って嬉しいと思ってしまう。けれど紫蘭はそれが浅ましいことだともわかっていた。吉祥の前の二人の妻のことを考えると、少し後ろめたく思ってしまう。

「お前が気を遣う必要はないぞ」

「えっ？」

ふいに吉祥がそんなことを言ったので、紫蘭は驚きを隠せなかった。

「俺が至らないから、お前の前に二回も結婚してしまった。以前の妻達に対して責を負うのは俺だけでいい」

「吉祥様……」

彼は今、紫蘭が何を思っているのかわかっていたのだろうか。吉祥は本当に丁寧に紫蘭のことを見ていて、それが嬉しくも時々怖くなる。彼の執着が恐ろしいのではない。自分のはしたない思いも見透かされているのではないかと思うからだ。吉祥に呆れられたり、嫌われたりしたくない。もしそんなことになったら、紫蘭はどうしたらいいのかわからない。彼を知る前にはもう戻れないのだ。

「ありがとうございます」

それでも紫蘭は今はそう答える。吉祥の優しさを受け取っていると伝えたかった。控えめに微笑みながら見つめ返すと、熱っぽい視線を寄越してくる。こほん、と小さな咳払《せきばら》いが聞こえて初めてはっとしてしまった。

「仲がよろしいようで何よりですわ」

「し、失礼いたしました」

「よろしいのよ。陛下にはなんの心配もいらないとお伝えしておきましょう。ただし、吉祥殿はまだ怒っていらっしゃる、とね」

そうだった。吉祥はまだあのことを根に持っているらしい。今度は紫蘭が、もうそのことは気にしなくていいのだと伝えてあげなくてはならない。

紫蘭は最近、後宮から出て吉祥の私室の隣に居室をもらった。いつまでも後宮に押し込めておくのはどうなんだ、と吉祥も思うところがあったらしい。紫蘭自身も、これまではただ吉祥が渡ってくるのを待つだけの身だったが、今は城の者と話をする機会が増えたので楽しかった。それに、どんなに吉祥が多忙であっても、遠征や戦に出る時以外は毎日顔が見られる。

「よけいだったか」

月下の茶会から帰ってきたその日、夫婦の寝室である部屋で吉祥が言った。

「はい？」

「義姉上はああ見えて容赦がない。お前が困ってやしないだろうかと心配だったのだが」

寝台の上に腰を下ろし、こちらを見ている吉祥はどこか気遣わしげだった。彼のそんな顔を見る度に、大事にされている、と感じることができる。紫蘭は小さく微笑んで吉祥に近づいた。

「確かに、威厳のある方でした。さすがは陛下の奥方様ですね」

「ああ。対外的には一歩引いているが、兄上とは対等に話している。お前に興味があったようなので、どうなっているかと思ったんだが……」

「大丈夫です。お優しくお話ししてくださいましたよ。でも吉祥様が来てくださったことは嬉しかったです」

「……そうか」

彼はほっとしたような顔をした。紫蘭が吉祥の前に立つと、両手を握られる。熱い体温が伝わってきた。

「吉祥様はいつも私に心を寄せてくださっている。私は幸せ者です」

「お前のことはいつも気になる。俺の知らないところで悲しんでいやしないか、誰かに困らせられてやしないか、……誰かに捕られたりしていないか」

吉祥の執着の片鱗が見てとれた。紫蘭が自分を浅ましいと思うのは、こういう時だ。吉祥が紫蘭への独占欲を見せる時、そこにどこか後ろ暗い悦びを得てしまう。神子であった時にはなかった感情だ。これは醜いものだろうか。

「吉祥様……、あっ」

腕を引かれ、紫蘭はあっという間に彼の腕に取り込まれてしまう。寝台の上に組み敷かれて、彼の大きな身体で視界を塞がれた。これから始まるであろう行為に、胸がどきどきしてしまう。

「吉祥様、陛下のことを、まだ怒ってらっしゃるのですか」

「……もう済んだことだとは思っている。だがそれと俺の感情の部分とは別だ。心配せずとも、兄上とはうまくつき合うさ」

「……そうですか」

吉祥の手が帯にかかり、しゅる、と音を立てて解かれていく。夜着が乱れ、紫蘭の夜目にも白い肌が露わになっていった。紫蘭は未だに消えない羞恥に纏わり付かれながらその仕草を見ている。

「――――吉祥様、本当に…、んんっ」

言葉を口吸いで塞がれ、紫蘭は喉の奥で甘く呻いた。舌を捕らえられ、舐め上げられ、思う様しゃぶられる。そうされると紫蘭はたちまち身体の力が抜け、痺れたようになってしまうのだ。

「……後でいくらでも聞く。だから今は、他の男の話をするな」

低く甘い声で囁かれて、こういうのはずるい、と思う。そんなふうに言われたら何もできなくなるではないか。恨みがましい濡れた瞳で見上げていると、彼もまた自覚があるのか、苦笑するように口の端を歪めた。そんな表情もまた雄臭く、魅惑的に見えてしまう。

はだけた夜着の間からするりと手が忍び込んでくる。吉祥の手は大きく、いつも熱い。だがその無骨な指は見た目に反してひどく巧みに紫蘭を追いつめるのだ。

「ん、あっ」

吉祥の指先に胸の突起を捕らえられ、優しく転がされる。甘い刺激が身体中に広がって、勝手に声が漏れた。恥ずかしい。もう何度も抱かれているのに、紫蘭は未だに、自分の肉体を曝かれる羞恥に慣れない。

「俺を煽っているのか？」

そんな紫蘭の仕草が彼の中の何かを刺激するらしく、時々そんなふうに言われる。だが紫蘭はただ困惑するだけだ。こちらは本気で羞恥に耐えているというのに。

「や、違……」

首を振り、腕で顔を隠そうとした。だがその腕を摑まれ、寝台に押しつけられる。

「ああ、わかっている。お前にそんなつもりなどないということを」

興奮したように息を荒げた吉祥の声が耳元に注がれた。背中にぞくりと快感の波が走って、くう、と喉を鳴らす。そして唐突に下腹部に熱い岩のような感触を得て、息を呑んでしまう。彼のものが雄々しく隆起して欲望を示しているのだ。

「ああ……そんなに……」

「わかるか。もうお前を犯したくてたまらない」

淫らな言葉を囁かれると、紫蘭の内奥がひくひくと反応する。この長大なものがもたらす気がふれそうな快感と熱を嫌というほど知っているからだ。まだ触れられて間もないというのに、欲しがり出す自分の肉体の浅ましさに目眩がする。犯したいと言われて、身体の奥底が疼いた。

「ほら、ここだ」

「んあっ⁉」

ふいの吉祥の行動に、紫蘭は思わず驚いたような声を上げる。

彼の猛った熱い怒張が、紫蘭の股間のそれに擦りつけるように押しつけられたのだ。生々しい温度と触れ合う刺激に腰がびくん、と跳ね上がる。

「じっとしていろ」

「あっ、はっ、……っあ、や、そ、それっ……」

吉祥が腰を使う毎に、互いの裏筋が擦れ合った。それは指で扱かれたり、あるいは舌で嬲られたりするのとはまた違う刺激だった。

「気持ちがいいか」

「ん、んっ…、ああ、あっ」

腰骨が甘く痺れてぞくぞくする。吉祥に促され、紫蘭は自分の太股を持ち、大きく広げるような体勢をとった。すでに先端は濡れ始め、愛液が肉茎を伝う。吉祥のもので摩擦される毎にぢゅくぢゅくと卑猥な音を立てた。

「ああっ……ああっ……、んぁああ……っ」

反った喉から漏れる濡れた声。下半身が占拠されるような快感に、自分から腰を動かしてしまいそうになる。だがじっとしていろとさっき言われたので、紫蘭は必死で我慢した。それでも時折腰が痙攣してしまう。

「う、ふっ……、くうう…っ」

「震えてるな。我慢できないのか」

優しく宥めるような声が降ってくる。丁寧に淫らに扱われて、紫蘭の身体は自分でも制御できないほど昂ぶっていった。快楽の水位がどんどん上がってくる。刺激と興奮で胸の突起がつんと尖るのがわかった。

「んぁっ…ああっ…、ごめ…なさ…っ、い、いく…っ」

いとも簡単に極めることのできる身体が恨めしい。少しは我慢がきかないものかと懸命に耐えようとしているのだが、いつもあっさりと負けてしまう。だがそんな紫蘭に、吉祥は額に口づけを落とし、低く囁くのだ。

「構わん。気をやっていいぞ。俺に合わせることはない」

吉祥は達するのが遅いので（それでも紫蘭を相手にするようになってから早くなったと言っていたが）いつも彼が気をやるまでに紫蘭は最低でも二度はイかされてしまう。自分ばかりが達してしまうのが恥ずかしくてならなかった。

（今日こそは、少しは我慢しないと……）

何度目かの決意を胸に、紫蘭は込み上げる絶頂感をなんとか堪えようとした。自分の太股に指が食い込むほど強く握り、奥歯をきつく噛みしめる。

「……こら、無理をするな」

「……んうっ、うううんんっ……！」

「ったく……」

吉祥は苦笑するように口の端を歪めると、自分の張り出した部分で紫蘭の先端の裏側を引っ掻くように刺激した。

「あ、ひぁあっ！」

その瞬間に紫蘭の口からとんでもなくはしたない声が出てしまう。びくん、と尻が跳ね、そのままがくがくとわななかいた。鋭い刺激が脳に差し込み、絶頂寸前まで一気に追い込まれる。

「んあぁぁあっ…！」

「ここが弱いだろう？」

立て続けにぐりぐりと抉るようにされて、思考が飛びそうになった。強烈な快感に頭と身体を支配される。こんなの、我慢できない。まだイったら駄目なのに。

「や、ああっあっ、――――っ、くああっ！」

だが紫蘭の淫らな肉体は持ち主を裏切る。細い腰が大きく痙攣したかと思うと、肉茎の先端から白蜜がしとどに弾けた。びゅく、と音がしそうなそれが吉祥の男根と自らの下腹を濡らしていく。

「イったな」

「ふ、ぅんっ……、んっ……」

下腹が勝手にのたうち、びくびくと震えた。絶頂の余韻が身体中を駆け巡っている。我慢すると決めたのに、少しもできなかった――――。そんな思いが羞恥と居たたまれなさとなって紫蘭を責める。

「何をためらっている？　俺は快楽に素直なお前が好きだ」

火照った頬を撫でられて、はあ、と熱い息が漏れた。

「…っ私ばかりが、好き勝手に振る舞っているようで……、申し訳ないのです」

行為が深まると、紫蘭はいつもわけがわからなくなってしまう。肉体が暴走するままに任せていると、吉祥を置いてけぼりにしているようで気がひけるのだ。ところが、紫蘭がやっとの思いでそれを打ち明けた時、ただでさえ存在感のある吉祥のものが急に大きくなったような気がした。

「あっ」

「あまり可愛いことを言うと、どうなっても知らんぞ」

彼の声に凶暴な響きが混じる。そのことに紫蘭の背がぞくぞくした。自分にこんな被虐めいた性質があったなんて、彼に抱かれるまで知らなかった。自分は一生、清童として生きていくのだと思っていたのに。

「だが、お前が我慢したいというのなら……、やってみるか？」

吉祥の口元に少しばかり質《たち》の悪い笑みが浮かんで、咄嗟にまずい、と思った。紫蘭の行動は、よけいに彼を焚きつけてしまったらしい。これは、殊更にひどく責められてしまうかもしれない。もちろん彼が紫蘭に苦痛を与えたり乱暴に扱ったりすることはない。その代わり、泣くほどの快感を与えられる。

「あ、あ…」

紫蘭は半ば本気で怯え、打ち震えた。だが甘い戦慄が身体を貫く。そして胸の突起に走った刺激に、思わず声を上げた。

「んぁああっ」

吉祥が紫蘭の胸に顔を埋め、その小さな突起をしゃぶるように舌を絡めてきたのだ。舌先で転がされ、何度も弾かれて、くすぐったいような、痺れるような快感が身体の奥を貫く。

「ふ、ぅんっ、んん…っ」

尖りきったそれを舌先で、もう片方は指で嬲られて内奥がきゅうきゅうと疼いた。

「あ、う…っ、あああ……っ」

紫蘭の体内で、また新たな快楽の波が練り上げられてゆく。それはどんどん大きくなって膨れ上がり、簡単に弾けてしまいそうだった。

（また、すぐイく）

その波をどうにか押し留めようと耐えていると、吉祥は紫蘭の乳首から口を離した。

「んあ…っ」

名残惜《なごりお》しいのと、ほっとしたような気持ち。複雑に絡み合った感覚に息を吐き出した紫蘭だったが、彼の唇が身体を下がっていくのに気づいてぎくりと身体を強張らせる。力の入らなくなった両脚を大きく開かされ、恥ずかしい場所を露わにされた。

「や、や…っ、そこは…っ！」

逃げようと身体をずり上げ、腰を引く。だがそれは吉祥の力強い腕にいとも簡単に引き戻されてしまう。

「逃げるな」

「あっ！」

吉祥は紫蘭が逃げる素振りを見せると途端に強引になる。普段は見かけによらず鷹揚な部分さえあるのに、こういう時は容赦がなくなるのだ。今も紫蘭の足首を摑み、大きく引き上げてひどい格好をさせる。羞恥に紫蘭が息を吞んだ瞬間、彼の頭が紫蘭の股間に沈み込んだ。

「…っあ――――…っ」

ぬるり、と熱く濡れた感触に包み込まれた。その瞬間に蕩けるような快感が腰から背筋を貫く。紫蘭の肉茎が吉祥の大きな口の中に含まれ、肉厚な舌に絡みつかれた。じゅううっ、と音を立てて吸われしまい、腰骨が甘く痺れる。

「あ、あんんっ、あぁっ」

鋭敏な場所が吉祥の舌で嬲られていった。彼はもうどこをどうすれば紫蘭が鳴くのかわかっていて、巧みに舐め上げ、責めてくる。

「あ…っ、は…あっ、あっそこっ、そこ、そんな…にっ」

裏筋を舌で擦り上げるようにされるともう駄目だった。腰ががくがくと動くのが止まらなくなる。

「こら、じっとしていろ」

「んあっ、あぁぁああ」

紫蘭が身悶えするのを咎めるように、吉祥が先端を吸ってくる。ひっきりなしに蜜を零す小さな蜜口を舌先で穿られ、淫らな悲鳴を上げた。

「あくぅううんっ」

脳天を突き刺すような刺激。腰の奥がどくどくと脈打って、口の端から唾液が零れる。

「お前のこれがびくびくと震えるのが可愛くてたまらないな。ずっとしゃぶっていたくなる」

「ああっ、やっ…、そん…なっ」

実は本当に朝方近くまで口淫され続けたことがあるのだが、あの時は本気でどうにかなりそうだった。何度もイかされ、かと思えば焦《じ》らされて、紫蘭はいつしか泣き喚くようにして懇願していた。もう許して欲しいと。

それからようやっと身の内に吉祥のものを呑み込まされ、今度は奥まで突き上げられ続け、結局紫蘭は気を失うようにして限界を迎えた。

次の日、吉祥から丁寧な謝罪を受け、紫蘭の好きな甘味などを持ってきてくれたが、彼に怒っているというよりは、とにかく恥ずかしくてたまらなかったのだ。行為中に意識を飛ばしてしまうなど、情けないにもほどがある。

だが、興が乗った吉祥にまた延々と口淫をされてしまうと、同じことになってしまうかもしれない。

「も…っ、もうっ、舐めないで、くだ、さ…っ」

「それは聞けんな」

やはりだ。吉祥は優しいけれども容赦がない。身体の芯が引き抜かれそうな快感に、紫蘭は広げられた脚をただ震わせるしかない。

「は、ああ、あっ、あっ」

「感じやすいくせに、無理をするな――。気持ちがいいんだろう?」

「んん、あっ、あ…っ、きもち、いい、いい…です……っ」

火照った喉を反らしながら、素直な反応を口にする。

「こ、し…っ、止まら、な……っ」

すっかり快楽に侵されてしまった下肢は力が入らないのに、時折ぶるぶると痙攣した。

「ああ、そうだな。イきそうなんだな…。可愛いぞ」

ぬるぬると動く舌が、紫蘭の弱い部分をくすぐるように舐め上げる。紫蘭はもう絶頂寸前まで追い上げられていた。身体が熱い。頭が沸騰するようだった。蕩けるような刺激が腰から背中へと何度も駆け上がって、紫蘭の限界を試すように翻弄する。

「あっ、あっ！ っい、いく、イっ…くう……っ！ ――～っ！」

紫蘭は上体をめいっぱい反らし、吉祥の口の中で果てた。口淫によって導かれた白蜜が、彼の喉に流れ込む。

「は、あ…あ、ああ、……っ」

くらくらするような余韻に嗚咽《おえつ》じみた呼吸を繰り返しながら、紫蘭は甘い痺れに徐々に身体から力を抜いていった。

「……たくさん出たじゃないか」

「あ……っ」

紫蘭の股間から顔を上げた吉祥がまた覆い被さってくる。こめかみに口づけられ、首筋を吸われて、甘い刺激に身悶えした。力の抜けた両脚を抱えられ、双丘の狭間《はざま》に吉祥の男根が押しつけられる。

「んん、あ」

その熱の塊を感じて、紫蘭は喘ぐ。内奥がひっきりなしに収縮して疼いていた。きっと中の媚肉も、もうとろとろに蕩けている。

「挿れてもいいか……?」

頬に唇を這わせながら吉祥が囁いた。紫蘭の喉がひくりと動く。彼の長大なものの感触を尻の間に感じているだけでどうにかなってしまいそうだった。

(今、挿れられたらきっとすぐイってしまう)

またはしたない姿を晒してしまう。たった今も負けてしまったばかりなのに。

「ま、待って、くださ……っ、今は…っ、んあ、あああっ」

後孔の入り口に男根の先端を押しつけられ、紫蘭は喘いだ。身体が吉祥を欲しがっている。

「俺がもう我慢できない」

頼む、と囁かれ、紫蘭の内奥がきゅうきゅうとヒクついた。

「お前の中を味わいたいんだ。俺を可愛がってくれ」

「ああっ」

吉祥の先端がわずかに這入ってくる。入り口の肉環を拡げられる感覚に全身がぞくぞくとわないた。紫蘭とて、彼のものを挿れて欲しかった。これを身の内に迎えた時の熔けるような快感を知っている。ましてや今はほんの少しだけ挿れられ、じわじわと刺激を流し込まれて辛抱できない状態だった。吉祥のものは少しずつめり込んできていて、その度に快楽が体内で膨らんでくる。

「紫蘭」

「────あ、いれ、て、吉祥、様の…っ」

紫蘭がそう懇願した時だった。灼熱の棒がずぶずぶと音を立てながら挿入されてくる。

「あ、あ、あ────…っ」

紫蘭の喉から漏れたのは絶頂の嬌声だった。全身が喜悦の波に揺さぶられる。

「あ…っ、くる、奥まで、はいって、くるぅ……っ！　あっ、あぁあぁっ」

ついさっき白蜜を噴き上げたばかりの蜜口から、また新たな愛液が弾けた。紫蘭は大抵の場合において、挿入の刺激だけで達してしまう。紫蘭は全身をビクビクと震わせながら目の前の逞しい肉体にしがみついた。

「あっ、あっ、ま、また、イって……っ」

「……紫蘭、何度も言っている。いいんだ。俺はお前が悦んでくれれば嬉しい」

ぎゅう、と苦しいほどに強く抱きしめられ、多幸感で勝手に涙が滲んでくる。ゆっくりと腰を動かされ、肉洞の奥からまた狂おしい快感が込み上げてきた。

「んん、あっ」

「お前が泣くくらい感じているのを見ると、俺もどうかなりそうに興奮する。獣は俺のほうだ」

吉祥はそう囁くと、紫蘭の中を探るように、優しく、けれども次第に容赦なく突き上げてきた。

「ああっ……、うあ、ああぁ――……っ」

入り口から奥までをまんべんなく擦られ、刺激されて、紫蘭は彼の広い背中に爪を立てるようにして悶える。

（あ、大きい……、熱いっ……！）

快楽が炎となって身体中を駆け巡っていった。

「あっ、あっ！　ああっ！　す…ご…っ」

これは駄目だ。彼がくれる快感が大きすぎる。前戯の時点でもう無理だったのに、紫蘭がこの行為に耐えられるはずがなかったのだ。そんなことを今更ながらにわからせられてしまって、紫蘭は咽《むせ》び泣くようにして吉祥の肩に縋りつく。

「うん…？　ここか、紫蘭……」

「んあぁっ！　あっあっ、そ、そこ…っ」

吉祥のものが特に弱い場所をごりごりと抉ってくる。身体がどこかに飛んでいきそうなほどの愉悦に溺れていった。

「ああああっ、きもち、い…っ、は、ア、いく、イき、そう…っ」

「よしよし、いい子だ。素直に、好きなだけイくといい」

「んぁあ…っ、吉祥様、きち、じょう様…っ」

口を吸って欲しいとねだると、深く唇を合わせられ、舌根まで強く吸い上げられる。紫蘭は鼻から抜けるような声で甘く呻いた。その間も軽く極め、吉祥を咥え込んだ肉洞が不規則に痙攣する。

「んっ…、んっ…、んん――…っ」

「紫蘭…、達しているな。いつものように、イきっぱなしになれ」

「ああっ、それっ、奥っ……！　んん、あぁぁああ…っ」

吉祥のもので奥を突かれ、紫蘭はたちまちのうちに絶頂した。吉祥の凶暴なもので泣き所を責められてはどうにもできない。我慢しようとしても無駄だった。

「紫蘭、紫蘭――…、お前は、可愛い」

吉祥が熱に浮かされたように熱く繰り返す。そんな彼の睦言を自分の喘ぎと一緒に聞いていると、たとえはしたなくても許してもらえるのではないかと感じた。

「我慢などするな。すべて俺に見せろ」

「はあっ…、んぁっ、あっ！」

体内でずりゅ、ずりゅ、と濡れた音がする。その度に堪えきれない快感が内奥で生まれて、紫蘭の全身を支配していくのだ。そして、伴う多幸感。

（身体が、浮いていくようだ）

もうわけがわからなくなってゆく。だが、それもいつものことだった。紫蘭は長い情交の果てに何度も極め、そしていよいよ吉祥にも限界が訪れる。彼から放たれる灼熱の飛沫を体内で受け止めた時、紫蘭はようやっと寝台の中に沈み込んだのだ。


荒い呼吸を繰り返し、嵐のような時間が少しずつ収まっていった時、汗ばんだ額に乱れかかる髪をかき上げてくれる手があった。

「……吉祥様」

「紫蘭、好きだ」

顔中に降りかかる口づけ。くすぐったさに肩を竦めると、次第に笑みが漏れてくる。それを見る吉祥の顔に嬉しそうな表情が浮かんだ。

「こんなに愛おしいお前と一時でも離そうとしたなどと、俺はやはり兄上を許せぬ」

真面目な顔をしてそんなことを言う吉祥に、紫蘭は力の入らない手を上げた。彼の、汗に濡れた額から頬に手を滑らせる。

「そんなことを言わないでください。意地になっているだけでしょう?」

「いや、違うぞ」

甘えるように顔を寄せてくる吉祥の頭を抱え込んだ。

「私がお願いしてもですか?」

「……」

すると彼は困ったように黙り込む。

「私は吉祥様と浅沙様とは仲良くしていて欲しいのです」

今なら吉祥も、紫蘭の言うことを聞いてくれるのではないかと思った。吉祥を自分の胸に抱き寄せ、なるべく優しく諭《さと》すように告げる。

「駄目でしょうか？」

「……ずるいぞ、紫蘭」

彼はどこか悔しそうな声を出した。

「そう言えば俺が言うことを聞くと思っているのだろう」

吉祥は顔を上げて紫蘭を見た。

「聞いてくださらないのですか？」

そう言うと、彼はぐっ、と言葉を呑み込む。

「……まったく、こんな時にはもっと艶っぽい言葉を聞きたいものだ」

吉祥は紫蘭の隣にどっと身体を投げ出した。

「わかった。兄上とは普通に接する」

「そうではなく、ちゃんと仲直りしてください」

「……」

「お二方がいつまでも禍根《かこん》を残したままでいるのは、私は嫌です」

尚も続けると、吉祥はとうとう観念した口調になる。

「わかった、わかった。……明日、兄上の部屋に酒でも持っていってみる。お前に叱られたから仲直りすると」

「ありがとうございます」

紫蘭はにこりと笑んだ。吉祥はそんな紫蘭を抱きしめ、唇を寄せる。

「お前には敵わない」

「そんなことはないです」

それは彼が紫蘭に優しいからだろう。そして、そんな夫だから愛しているのだ。

けれど口に出すと今度こそ寝台から出してもらえなくなりそうで、紫蘭は言わぬが花だと思った。

あとがき

こんにちは。西野《にしの》です。「桜《さくら》の園《その》の蜜愛《みつあい》〜強面《こわもて》の旦那様《だんなさま》は絶倫《ぜつりん》でした〜」を読んでいただきありがとうございました。新婚ものですね！　強面の旦那様は結局、紫蘭《しらん》には頭が上がらず、でも夜はヒイヒイ言わせているといういいパワーバランスのカップルだと思います。

笠井《かさい》あゆみ先生、いつもありがとうございます。今回もとても美しい絵をいただけて嬉しいです。エッチもエロくて眼福です！

担当様もいつもありがとうございました。なるべくご迷惑おかけしないようにといつも思っているのですが、結局はご迷惑おかけしてしまうことになり大変申し訳なく思っております…。こ、今度こそは！

皆様もご記憶のことと思いますが、今年の二月初め、Twitter社におけるアカウントの大量凍結に弊アカウントも巻き込まれました。約一ヶ月半凍っていたわけですが、このアカウントは私がTwitterを始めた時から使っていた十三年もののアカウントです。フォロワーさんと歩んできたいわば私の人生の足跡なわけですよ。それがいきなり取り上げられてしまって、当初はひどく困惑いたしました。凍結していてもタイムラインを見ることは出来るのですが、あれですあの、マッチ売りの少女のような気持ち。

フォロワーさんが楽しそうに会話しているのにいっさい反応できず、窓の外から指をくわえて見ておりました。耐えられずにサブアカで復活してしまいましたが…。その後、ようやく凍結が解除され、今はメインアカで元気に生息しております。何を言いたいかと申しますと私はツイ廃だったというわけです。

そして年々体力の低下を感じている私ですが、最近湯治に目覚めました。私が住んでいる東北は湯治宿がけっこうありまして、半年か一年に一回くらい三泊ほどして湯に浸かっています。最近の湯治宿は自炊しなくてもいいように食事が出てきたり、食堂が併設されていたりして便利です。ワイファイも飛んでます。そこでひたすら自堕落に過ごしていると、けっこう元気になれるのです。でも絶対にパソコンを持ち込んでしまうのがなんとも物書きの性だなと思いました。軽い乗り鉄でもあるので、電車での移動も楽しいですね。

ちょっとは仕事のことも書いたほうがいいですか。

今年はデビューして十六年目になるのですが、毎年言っているのですが、よくもまあここまで続けてこられたと思います。でもあと十年はしがみつ

あとがき

きたいです。（口に出して言霊化しようと思っている）

　デビュー作からこっち、愚直にすけべな小説を書き続けているわけなのですが、もっとすけべなやつを書きたいですね。

　ともかく、力と需要の続く限りは書き続けたいと思いますので、どうぞ今後ともよろしくお願いします。

　ではまた次の作品でお会いできましたら。

西野　花《はな》

【Twitter】@hana_nishino